Fehnland-Verlag

Carbe, Monika: Die Friedhofsgärtnerin. Hamburg, Fehnland Verlag 2021

1. überarbeitete Neuauflage
ISBN: 978-3-96971-150-7

Dieses Buch ist auch als eBook erhältlich und kann über den Handel oder den Verlag bezogen werden.
ePub-eBook: ISBN 978-3-942223-83-6

Lektorat: Doris Engelke
Covergestaltung: Marti O'Sigma
Coverbild und Illustrationen: Marti O'Sigma

Bibliografische Information der Deutschen Nationalbibliothek: Die Deutsche Nationalbibliothek verzeichnet diese Publikation in der Deutschen Nationalbibliografie; detaillierte bibliografische Daten sind im Internet über https://dnb.d-nb.de abrufbar.

Der Fehnland Verlag ist ein Imprint der Bedey & Thoms Media GmbH, Hermannstal 119k, 22119 Hamburg.

Monika Carbe

Die Friedhofsgärtnerin

Fehnland-Verlag

Für Linden John Fraser

Das Lächeln einer fülligen Roma-Matrone, vor deren Foto auch jetzt im Sommer ein Grablicht flackerte, verlockte Alice ebenfalls zu einem Lächeln, wenn auch wehmütig, da die freundliche Abgebildete schon lange nicht mehr unter den Lebenden weilte. In ihrer grünen Kittelschürze ging Alice an der Gräbern entlang und warf einen Blick auf Namen, Fotos und Pflanzen. Rosen blühten zwischen Efeu, verspäteten Stiefmütterchen und Goldlack. Der Verkehrslärm der Eckenheimer Landstraße hinter der Friedhofsmauer war unüberhörbar, Bremsen quietschten, und ab und zu bimmelten Straßenbahnen. Üppig geschmückt waren die Grabstätten der Roma-Familien; ihre Einfriedung bestand meist aus Marmor, und manchmal steckten auch künstliche Rosen an den mit Messing umrahmten Bildern. Was für ein Unterschied zu den schlichten Kreuzen und Inschriften auf den Steinplatten der anderen Ruhestätten!

Alice war ohne Vater aufgewachsen und hatte ihn nie vermisst. Geboren ein paar Monate nach dem Ende des Zweiten Weltkriegs, war sie als von der Mutter und den Großeltern geliebtes und verwöhntes Kind groß geworden. Ihr Vater war im April 1945 gefallen, hieß es – und ihre Mutter, die sinnenfreudige Johanna, hatte ihn immer idealisiert und ihrem Kind als Vorbild dargestellt. Als Kind in thüringischen Meiningen, hatte Alice alles geglaubt, was man ihr erzählte. Während sie aber jetzt, mit Ende 40, an den Gräbern der einst verfolgten Sinti und Roma vorüberging, wurde ihr wieder einmal bewusst, an was für entsetzlichen Verbrechen ihr Vater beteiligt war. Sie hatte sich mit der Vergangenheit beschäftigt, den Papieren ihrer Familie gekramt und so davon erfahren.

Eigentlich arbeitete Alice lieber im Gewann B oder J, dort, wo man wie abgeschnitten war von der Gegenwart, beschützt vom Grün der Eichen, Buchen und Pappeln, zwischen steinernen Kreuzen, Putten und Statuen. Dort herrschte Stille, wenn die Kollegen nicht mit ihren Pritschenwagen vorbeiratterten, die Laubsäge ansetzten oder die Wege mit ihren automatischen Besen säuberten. Hier war Alice ganz mit sich selbst eins und konnte ihren Erinnerungen nachhängen. Mit ihrem kastanienbraunen Haar wirkte sie jünger; sie war schlank, hatte eine gute Figur, legte jedoch kaum Wert auf ihr Äußeres. Seit ein paar Jahren werkelte und jätete sie auf dem Hauptfriedhof, nachdem sie in ihren früheren Stellen gescheitert war. Sie wollte nicht mehr darüber nachdenken, wie es dazu gekommen war, denn die Umstände, unter denen ihr immer wieder von heute auf morgen der Stuhl vor die Tür gesetzt worden war, ließen nur trübsinnige Gedanken aufkommen. Die Erinnerung daran tat zu weh.

Lieber gab sie sich zwischen Buchsbaumhecken und steinernen Zeugen der Vergangenheit anderen Erinnerungen hin, an ihre Kindheit, in der alles seinen Sinn gehabt hatte, als bestünde die Welt aus einer riesigen Wiese von Himmelschlüsseln zwischen

Linden, Kirsch- und Apfelbäumen und den Tabakpflanzen, die ihr Großvater angebaut hatte. Damals in Meiningen, am Steinernen Berg. Dann der Bruch, als sie, knapp sieben, mit der unternehmungslustigen Johanna die Großeltern verließ und über West-Berlin nach Hannover flog. Es war eine Flucht erster Klasse aus der DDR, und sie landeten weich, hatte Johannas Bruder doch auf einem Bauernhof in Ostwestfalen für ihre Unterkunft gesorgt. Auch dort hätte sich alles sinnvoll zusammen gefügt, wäre nicht ihre extrem schwierige Pubertät gekommen.

Sie wischte sich den Schweiß von der Stirn. Auch daran dachte sie ungern, an ihre Zeit als junges Mädchen, als sie sich zum ersten Mal – unglücklich – verliebte und in die Nervenklinik kam, dort in einen langen Schlaf versetzt wurde und danach viel Zeit brauchte, um wieder zu sich zu kommen. Das Abitur schaffte sie trotzdem und lernte dann im Studium in Marburg an der Lahn ein neues Leben kennen, das so gar keine Ähnlichkeit mehr mit den strengen Konventionen der westfälischen Kleinstadt hatte, in der sie aufs Gymnasium gegangen war. Literaturwissenschaften studierte sie, lernte Althochdeutsch und Mittelhochdeutsch, schrieb Seminararbeiten über Heinrich Heine, Gottfried Benn und Heinrich von Kleist, verliebte sich und wurde wieder geliebt, und alles funktionierte hervorragend bis zur Trennung von ihrem Freund und der Stadt, in der sie alle denkbaren Freiheiten gekostet hatte. Anfang der 1970er Jahre kam sie in die Großstadt, nach Frankfurt am Main.

Die Regenwolken hatten sich verzogen, und der Erdgeruch wurde vom Duft der Rosen und Jasminbüsche überlagert. An diesem schwülen Sommertag kletterte das Thermometer fast bis dreißig Grad, und die alten Damen, die wie immer am frühen Nachmittag unterwegs waren, stöhnten über die Hitze. In der einen Hand trugen sie Beutel, aus denen die Pflanzen der Saison hervorquollen, mit der anderen pressten sie ihre Handtaschen fest gegen die Brust, da man nirgendwo vor Überfällen sicher sein konnte. Gemessenen Schrittes gingen die Frauen an ihr vorbei und strebten, ganz in ihre Gedanken versunken, ihrem Ziel zu, dem Grab ihres verstorbenen Ehemanns oder eines Verwandten. Grußlos schob Alice ihre Schubkarre an ihnen vorbei; für die Trauernden gehörte sie zum Inventar des Friedhofs, und da wurde weder ein »Hallo!« noch ein kurzer Kommentar über die Hitze erwartet.

Alice hatte an der Mauer hinter den Patriziergräbern zu tun; Unkraut wuchs dort aus den Mauervorsprüngen und überwucherte die Grabstätten. Mit Maschinen war diesem Gestrüpp nicht beizukommen, hatte ihr der Meister erklärt, und ob sie vielleicht Hand anlegen könnte, ohne die wertvollen Sträucher zu verletzen. Alice nickte. Die Hitze machte ihr wenig aus. Unter ihrem Kittel trug sie Jeans und ein dünnes T-Shirt, ihre nackten Füße steckten in Sandalen. Am liebsten wäre sie barfuß gegangen, aber das ließen die Vorschriften nicht zu. Von morgens sieben bis halb vier Uhr nachmittags jätete, harkte und werkelte sie, mal in den alten Gewannen, mal weit draußen, im neuen Teil, hinter dem Wirtschaftshof, dort, wo die Gräber in genau abgezirkelten, übersichtlichen Reihen angelegt waren. Alice scheute weder Regenwetter, Blitz noch Donner. Dann zog sie ihr wasserdichtes Cape und holte sich noch nicht mal einen Schnupfen.

Bevor sie ihre Leiter an die Mauer lehnte, blieb sie vor Schopenhauers Grab stehen. Vor einigen Jahren hatte man das Geviert erweitert, damit Arthur Hübscher ein Platz an seiner Seite vergönnt war. Die Hecke war wie immer frisch geschnitten, der wuchernde Efeu ließ die beiden Grabplatten mit der schlichten Aufschrift der Namen frei, und wieder lag ein Strauß frischer Nelken auf Schopenhauers Grab. Viel Prominenz war im Gewann A beerdigt, Oberbürgermeister und Stadtverordnete, Pfarrer und Doktoren, Wohltäter und Finanzgenies – klingende Namen, die sich heute noch im Frankfurter Telefonbuch fanden.

Die Zeiten, in denen Alice sich ins Grab wünschte, waren vorbei, auch wenn sie manches Mal, wenn sie in ihrer Dachkammer im Westend saß, überlegte, ob sie ihr Fahrrad nehmen und in der Abenddämmerung durch den Rothschildpark mit seiner altertümelnden Ruine zur Alten Oper radeln sollte, dann über die Fressgass' an den eleganten Flaneuren vorbei bis zur Hauptwache. Auf der Zeil angekommen, würde sie in die Neue Kräme einbiegen, das Rad durch das Gedränge an Bettlern und Obdachlosen vorbeischieben, die Berliner Straße überqueren, zwischen den Cafés am Paulsplatz hindurch zum Römer radeln und einen letzten Blick auf die Justitia werfen, die auf dem Brunnen thronte. Zwischen Historischem Museum und Haus Wertheim würde sie zum Main fahren, das Rad die Stufen zum Eisernen Steg emportragen, und, am Schaumainkai angekommen, ihren Weg zum Goetheturm finden. Der Goetheturm, knapp über vierzig Meter hoch, am Rande des Stadtwalds gelegen, ganz aus Holz gebaut, erinnerte Alice mit seinen Verstrebungen an fernöstliche Pagoden, und hätte sie erst einmal die zahllosen Stufen erklommen und die Aussichtsplattform mit ihrer niedrigen Brüstung erreicht, wäre es ihr ein Leichtes, sich nach einem Blick über die Stadt in das Grün der Bäume zu stürzen. Ein todsicherer Ort für Selbstmörder. Wer diesen Weg wählte, hatte keine Sorgen mehr. Zugegeben, mit dieser Möglichkeit liebäugelte sie. Aber was vor Jahren bitterer Ernst war, war längst Gedankenspiel geworden.

Sie stellte die Leiter an die Mauer, kletterte hinauf, riss wucherndes Grün heraus, Vogelmiere und Löwenzahn, und warf es auf den Boden. Eigentlich war sie froh über diese einfachen Tätigkeiten. Nur keine Verantwortung, sagte sie sich, brav auf Anweisung arbeiten und ruhig schlafen. Mehr wollte sie nicht. Wieder wanderten ihre Gedanken zurück. Nach fast zwei Jahren Arbeitslosigkeit, in denen sie sich mühsam über Wasser gehalten hatte, trat sie mit Ende zwanzig die erste Stelle an, die ihrer Ausbildung entsprach. Man erwartete viel von ihr, und sie bemühte sich, diesen Erwartungen gerecht zu werden. Vor lauter Übereifer wurde sie krank – und ihr wurde gekündigt. Inzwischen kannte sie das Arbeitsleben, hatte in den Büroalltag hineingeschnuppert, bewarb sich aufs Neue, und siehe da, es gelang ihr nicht nur, einen Job in einer großen Künstleragentur zu ergattern. Sie lernte auch Verantwortung zu übernehmen, ohne sich zu überlasten und stieg in der Hierarchie unablässig auf, bis sie an den Intrigen ihrer Gegner scheiterte.

Obwohl das schon viele Jahre zurücklag, ließen die Gespenster der Vergangenheit sie nicht los. Ob sie abends aus dem Dachfenster ihrer Mansarde auf die Kuppel der Synagoge blickte, allmählich vergilbende Fotos betrachtete oder ihr Adressbuch durchblätterte, vieles erinnerte sie an die Zeit, als sie nahe daran gewesen war, vom Goetheturm zu springen.

Mal war es Angst, die sie überfiel, ein inneres Zittern, das sie nur bewältigen konnte, indem sie sich zwang, Erlebtes zu verdrängen, mal die Furcht vor dem, was die Zukunft bringen würde. Tagsüber hatte sie Ruhe und fühlte sich durch den Rhythmus des Harkens und Jätens, durch die Betreuung der Wege und Wiesen zwischen den Gräbern geschützt. Diese Gräber erinnerten sie daran, dass ihr Leben endlich war. Und die Trauernden, die täglich von der Hauptkapelle aus in langen Zügen hinter den Sargträgern hergingen, stimmten Alice nachdenklich. Die Verlegenheit der meist dunkel, selten tiefschwarz Gekleideten, war rührend. Kaum jemand weinte. Sie trugen ernste Mienen zur Schau und übten sich im Schreiten. Leute, die gewohnt waren, jede Distanz im Eiltempo zu bewältigen, mussten langsam gehen; ältere Männer und nicht mehr ganz junge Frauen, die somit den ganzen Tag plauderten, mussten schweigen und wussten nicht, wohin mit ihren Gedanken, wenn sie dem Sarg folgten. Manchmal waren auch Greise dabei, die daran denken mochten, dass auch ihre letzte Stunde bald schlagen würde. Fast täglich beobachtete Alice diese Trauerzüge und trat scheu zur Seite, um sich ihrer nächsten Aufgabe zu widmen.

Abends aber hatte sie Schwierigkeiten, einzuschlafen, und wenn es ihr nach ein, zwei Stunden endlich gelang, wurde sie von Albträumen gequält. Unter einem wolkenverhangenen Himmel wanderte sie im Traum über Geröllhalden. Weit und breit kein Baum. Kein Grün, kein Gras spross aus dem steinigen Boden. Ihre Füße schmerzten, und sie wusste nicht, wohin sie ging. Aber sie wanderte weiter, stolperte, fing sich im Fallen auf, setzte ihren Weg über eine unübersehbare Menge von Steinen und Felsbrocken fort, eine Masse, die sich bis zum Horizont und darüber hinaus erstreckte; nirgendwo war eine Grenzlinie zu erkennen, nirgendwo ein Baum. Kein Busch, keine Sträucher, kein Blatt. Und sie wanderte auf ein Ziel zu, das sie nicht kannte. Wenn sie schweißgebadet in ihrer Dachwohnung, die aus einem Zimmer, einer Kochnische und einer Duschecke bestand, erwachte, überlegte sie, wer ihr das letzte Geleit geben würde, wenn sie eines Tages im Sarg läge. Außer den Kollegen auf dem Friedhof fiel ihr niemand ein.

Alice kletterte von der Leiter, harkte das ausgerissene Grün zusammen und stopfte es in den Jutesack. Sie rückte die Leiter ein paar Meter weiter, kletterte wieder hinauf und arbeitete weiter. Durch das Leben in der Natur hatte sie mit der Zeit neuen Lebensmut gefunden.
Vor vielen Jahren war sie in diese Stadt gekommen, allein, hatte ein paar Leute kennen gelernt, hatte sich mal diesem, mal jenem

Kreis angeschlossen, hatte gearbeitet und Geld verdient und wieder ihre Stelle verloren. Sie war der Verantwortung nicht gewachsen. Das war das Härteste. Das hatte sie bis heute nicht verwunden. Ausstellungen hatte sie konzipiert, Vernissagen und Finissagen organisiert, hatte eine glückliche Hand bewiesen, als sie Dichter und Musiker aus vielen Ländern einlud, hatte ein Netz von Kontakten geknüpft und sich in diesem Kommunikationstrubel pudelwohl gefühlt – bis ihr von höherer Stelle gesagt wurde, die Abrechnungen seien nichtstimmig, der Verdacht der Untreue liege vor, und man müsse sich von ihr trennen, da sie eine Gefährdung für den Betrieb darstelle. Verantwortungslos habe sie gehandelt, und Künstler, die ihr besonders nahe standen, begünstigt.

Um nicht auf staatliche Unterstützung angewiesen zu sein, hatte sie damals beschlossen, sich als Hilfsarbeiterin zu verdingen. Und so wurde sie auf dem Hauptfriedhof eine der eifrigsten, aus lauter Furcht, man könne ihr eines Tages wieder sagen: »Frau Dessau, wir haben uns in Ihnen getäuscht«, oder: »Frau Dessau, am besten schauen Sie sich nach etwas anderem um. Wir geben Ihnen noch drei Monate.«

Seit Alice auf dem Friedhof arbeitete, hatte sie ein anderes Zeitverständnis. »Noch drei Monate«, wie drohend das damals geklungen hatte. Noch ein Vierteljahr lang wurde ihr erlaubt, im Untergeschoss des Hotels *Intercontinental* Berge von Bett-, Bad- und Tischwäsche auszusortieren, in Waschmaschinen zu stopfen, die nassen Laken, Bezüge, Bade- und Tischtücher, Servietten und was dergleichen mehr war, in den Trommeln trocknen zu lassen und die Trommeln rechtzeitig zu leeren, um die Wäsche dann den Plätterinnen zu übergeben, die ihrerseits an Maschinen arbeiteten. Sie erinnerte sich nicht mehr an den Anlass für die Kündigung; man hielt sie wohl für tollpatschig und verträumt. Vielleicht hatte jemand sie im Personalbüro angeschwärzt, weil sie meist vor einer der Waschmaschinen unter dem Neonlicht saß und las. Es war so langweilig, und die Wasch- und Trommelvorgänge waren so lang, dass Alice sich irgendwie beschäftigen musste, um die Öde zwischen dem grauen Kellerwänden auszuhalten.

Hier, zwischen Bäumen, Büschen und Gräbern, inmitten des Vogelgezwitschers, schaute sie nicht auf die Uhr. In der Nähe des Todes gab es weder Hektik noch Termindruck, auch wenn zwei oder drei der jungen Meister bei den monatlichen Besprechungen anfingen, von Leistung und Effizienz zu sprechen, Worte, die Alice aus früheren Zeiten kannte. Die Alten bremsten die jungen Brauseköpfe. »Hier gilt ein anderer Rhythmus«, sagten sie, und die Jungen zogen die Köpfe ein. Die Jahreszeiten bestimmten den Takt, und die Bestattungen, jeden Vormittag. Die Damen und Herren in den Büros am Haupteingang legten die Zeiten fest. Seit Jahrzehnten keine Seuchen, kein Massensterben, keine Selbstmordserien; nur vormittags wurde bestattet, und Platz gab es genug. Alice bewunderte das Organisationstalent der Angestellten, die prompt reagierten, wenn die Anrufe der Beerdigungsunternehmen kamen. Sie staunte über die Ruhe, mit der sie die Daten der Verblichenen telefonisch entgegennahmen, in den Computer eingaben und mit einem Mausklick die passende Grabstätte fanden.

Und wieder kletterte sie von der Leiter, harkte das überflüssige Grün, Brennnesseln, Löwenzahn und Vogelmiere, zusammen, stopfte es in den Sack und rückte die Leiter ein Stück weiter.

Als sie seinerzeit im Keller des riesigen Hotels, den Waschmittelgeruch in der Nase, unablässig auf den Schaum in den runden Fenstern der Maschinen gestarrt hatte, war ihr das Gefühl für den Sinn dieser Arbeit verloren gegangen. Wenn sie allerdings wie die Zimmermädchen ständig mit den Putz- und Wäschewagen von Zimmer zu Zimmer gesaust wäre und die Laken gewechselt hätte, wäre sie noch rascher entlassen worden. Sie konnte keine Betten machen, und das Putzen war ihr fremd. Wenn sie jetzt Huflattich und Vogelknöterich aus den Mauerritzen riss und sich nicht scheute, mit bloßen Händen in die Brennnesseln zu greifen, war ihr zwar klar, dass die Kräuter wieder und wieder nachwachsen und das Gestein überwuchern würden, aber dieses Immerwiederkehrende war etwas anderes als makellose Laken, auf denen frisch geduschte Geschäftsleute eine einzige Nacht verbracht hatten, in Waschmaschinen zu stopfen.

Der Kreislauf der Reste von Natur und Grün und Landschaft in dieser Großstadt war Alice lieber als die mechanischen Abläufe im grauen Untergeschoss eines Hochhauses am Main. Eine Ausbildung als Gärtnerin hatte sie nicht, als ungelernte Arbeiterin wurde sie auf der Lohnliste des Friedhofsamts geführt, und ihr war es recht so. Sie hatte den Tod gesucht und sich dann entschieden, ihrem Leben noch eine Chance zu geben.

Ackerschachtelhalm, Flohkraut und Disteln konnte sie ohne weiteres von den Efeuarten unterscheiden. Wenn sie die Schmarotzer herausriss, achtete sie darauf, nicht das Wurzelwerk des Gloire de Marengo, des weißbunten Efeus, zu verletzen, das die Jahre überdauerte, eine Zierde der Mauer an der Eckenheimer Landstraße. Fast wusste sie sich mit sich selbst eins, wenn sie in ihrer grünen Kittelschürze auf der obersten Sprosse der Leiter stand. Mühelos hielt sie das Gleichgewicht und nahm das Vorüberdonnern der Lastwagen, das Scheppern der Straßenbahnen und das Hupen der Autofahrer jenseits der Mauer kaum mehr wahr.

Immer noch hatte sie Phasen, in denen das Grauen sie überfiel, das Entsetzen und der Schrecken der Ereignisse, die sie vor Jahren überrollt hatten, aber nach und nach hatte sie gelernt, die Stetigkeit der Beschäftigung dagegen zu setzen, hier mit Pflanzen und Dornen. Zu Hause aber las sie, strickte oder legte Patiencen.

»Wir haben uns in Ihnen getäuscht« – dergleichen musste sie auf dem Hauptfriedhof nie hören, ganz abgesehen davon, dass man sich hier allgemein duzte; nur zu den Damen in den weißen Blusen und den Herren im grauen Sakko, die in den Büros am Alten Portal oder in der Villa am Haupteingang saßen, hielt man den konventionellen Abstand des Siezens. Die Meister schätzten Alice und lobten ihre Einsatzbereitschaft. Wenn einer von ihnen sich je missbilligend über sie geäußert hätte, hätte sie das erfahren. Krank hatte sie sich noch nie gemeldet, trat ihren Dienst selbst mit Schnupfen oder Halsweh an und kurierte sich an den Wochenenden aus. Seit fünf Jahren arbeitete sie jetzt hier und bereute keinen Tag.

Niemand kannte ihre Vorgeschichte, und sie hätte sich eher die Zunge verbrannt, als auch nur ein Sterbenswörtchen zu sagen. Sie wirkte freundlich und ausgeglichen, murrte oder beschwerte sich nie und war eine der wenigen, die nichts dagegen hatten, als Springer eingesetzt zu werden. Gingen morgens die Krankmeldungen im Büro ein, kam es oft vor, dass man sie bat, hier oder dort auszuhelfen. So lernte sie das ganze Gelände des Friedhofs kennen, prägte sich Namen und Daten auf den Grabsteinen ein und lachte, wenn man sie damit aufzog.

Neulich erst, in der Frühstückspause, fragte einer der Meister: »Alice, wann ist der alte Beil gestorben?«

»1852«, antwortete sie, wie aus der Pistole geschossen.

»Und wo liegt er begraben?«, zog Camillo sie auf.

»Gewann C, No. 7«, erwiderte Alice und biss in ihr Brot.

»Und Miquel, der von der Miquelallee?«, erkundigte sich Yusuf.

»1901«, meinte Alice seelenruhig.

»Das müssen wir unbedingt beim nächsten Betriebsausflug vorführen. Mensch, Alice, du bist ja Spitze!« Anerkennend klopfte ihr
Yusuf auf die Schulter.

Jetzt war sie mal Camillos Team zugeordnet, mal harkte sie mit
Abdul die Wege oder ratterte mit Yusuf auf dem Pritschenwagen
übers Gelände. Camillo, der Sizilianer, war ein Hüne von einem
Mann; Yusuf, zwei Köpfe kleiner als Camillo, kam aus der Türkei
und hatte einen relativ verantwortungsvollen Posten. Abdul aus
Marokko war wie Alice als Hilfsarbeiter eingestellt. Zu allen Dreien
hatte sie Vertrauen; das waren die Kollegen, mit denen sie meist
zusammenarbeitete.

Wenn Yusuf sie im Gewann D absetzte, in der Nähe von
Gutzkows Grabstein, oder an der Hauptmauer, dort, wo Alexander
von Gleichen-Rußwurm seinen Platz hatte, war sie froh, weil sie
viele Stunden dort verbringen konnte, und als Camillo ihr einmal,
halb entschuldigend, die Sense in die Hand drückte, um eine Wiese in der Nähe von Cäcilie Mendelssohn-Bartholdys Grab zu mähen, lehnte sie das nicht ab.

Wieder stieg sie von der Leiter, harkte Löwenzahn, Disteln und
Flöhkraut zusammen, packte das Grün in den Jutesack und trug
die Leiter zum nächsten Mauerabschnitt. Nach Jahren der vergleichsweise gemächlichen Arbeit im Freien hatte sie ihre Energie
wiedergewonnen. Während sie weiter Unkraut aus den Mauerritzen zupfte, sann sie darüber nach, warum sie sich auf Friedhöfen
so wohl fühlte und ihr die Toten keinen Schrecken einjagten. Sie
hatte hier Zeit zum Nachdenken, Zeit auch, das eigene Sterben
näher ins Auge zu fassen – eine langjährige Kur gegen den Selbstmord, die sie sich verordnet hatte. Aber das allein war es nicht.

Alice war Ende vierzig. Da sie schlank war, schätzten Abdul
und Yusuf sie auf Ende dreißig, nur Camillo hatte ihr auf den Kopf

zugesagt, sie müsse achtundvierzig sein. »Du hast mit den Miezen im Büro geflirtet und in meine Personalakte geguckt«, meinte Alice nur und nahm es gelassen. Sie hatte eine robuste Gesundheit und solange sie nicht von einem Sportwagen, der mit überhöhter Geschwindigkeit durchs Westend fuhr, überrollt würde, stand ihr noch ein langes Lebens bevor. Was sollte sie nur mit all den Jahren anfangen?

Ihre Liebe zu Friedhöfen musste etwas mit Lommi zu tun haben, ihrer Großmutter. Auf allen ihren Wegen und Besorgungen in der Theaterstadt Meiningen, hatte Lommi die Abkürzung über den Friedhof gewählt und Alice die Blumen auf den Gräbern erklärt, Goldlack und Akelei, Himmelschlüssel und Jelängerjelieber, Rosen und Winden. Ein Friedhof ist ein großer, stiller Garten, in dem wir eines Tages alle ruhen, hatte Lommi gesagt, und Alice hatte genickt.

Weder Hast noch Hektik und kein Termindruck; was man nicht schaffte, ließ man eine Woche, einen Monat lang liegen, und keiner störte sich daran. Personal war knapp, aber niemand hetzte sie. Niemand fragte sie hier, woher sie kam und was sie früher getan hatte, und Alice hatte schweigen gelernt.

ECKENHEIMER LANDSTRASSE
BRENNNESSEL

Seit Tagen herrschte Gewitterstimmung, nachts donnerte es, trotz Blitzableiter schlugen im Ostend und in Bornheim Blitze ein, und ein Regenschauer nach dem anderen ging über der Stadt nieder. Als Alice an diesem Junimorgen durch die Wolfsgangstraße radelte, war sie in ihr dunkelblaues Regencape gehüllt, und ihre Füße steckten, barfuß wie immer, in Sandalen. So schwer es ihr fiel, morgens um sechs Uhr aufzustehen, so lieb war ihr die Ruhe auf den Straßen um diese Uhrzeit. Ein paar Jogger hechelten über die Bürgersteige, Autos waren kaum unterwegs, hier und da wurde ein Rollladen hochgezogen, eine junge Frau steckte den Kopf zum Fenster hinaus und verschwand gleich wieder. Trotz der Verkehrs-stille war es zu riskant, die Eschersheimer Landstraße bei Rot zu überqueren. Daher wartete Alice das Summen der Blindenampel ab, bevor sie weiterfuhr. Sie wich den Pfützen nicht aus, sondern fuhr mitten hindurch, so dass es aufspritzte und einen Chow-Chow zurückschrecken ließ, der von einer Frühaufsteherin an der Leine geführt wurde. Auf dem Oeder Weg schaute Alice kaum nach rechts oder links, die Straße war noch wie leergefegt. Sie bog in die Eckenheimer Landstraße ein, nun ging es allmählich bergauf. Der Regen klatschte ihr ins Gesicht, aber tapfer strampelte sie weiter. Die Ampeln am Alleenring zeigten Rot, erleichtert stieg sie vom Rad und gönnte sich eine Verschnaufpause. Sie war sowieso ein paar Minuten zu früh. Tagelang hatte sie nun die Mauer hinter den Patriziergräbern von Unkraut gereinigt und dem Meister gestern, kurz vor Feierabend, Bescheid gesagt. Ohne auch nur einen Blick auf die Mauer zu werfen, hatte der Meister lakonisch gemeint, sie solle sich morgen früh bei ihm melden, zu tun gebe es genug. Kaum hatte sie ihr Rad in den Fahrradständern vor dem Kremato-rium abgestellt, kam ihr Abdul entgegen.

»Um zehn ist Dienstversammlung, nicht vergessen«, rief er ihr zu und stieg auf seinen Pritschenwagen.

Alice wunderte sich. Dienstversammlungen fanden selten statt und wurden in der Regel wochenlang vorher angekündigt. Es musste sich um etwas Außerordentliches handeln. Als sie den Meister im Bürotrakt suchte, fiel ihr ein Hinweis am Schwarzen Brett auf: *Heute keine Bestattungen.* Alle paar Wochen wurde die-ses Schild aufgehängt. An solchen Tagen konnten Alice und ihre Kollegen sich freier auf dem Gelände bewegen und mussten keine Rücksicht auf die manchmal endlosen Trauerzüge nehmen.

»Hallo, Alice«, rief ihr der Meister aus einem der Büros zu. Dort war er immer zu finden, wenn er seinen ersten Kaffee mit einer der Angestellten trank. »Am besten nimmst du dein Wägelchen und gehst heute mal ins Gewann D, du weißt schon, Gutzkow und Konsorten. Ach, und ehe ich's vergesse, um zehn ist Dienstver-sammlung, in der Leichenhalle, wie immer«.

Alice nickte, verstaute ihre Handtasche im Spind und steckte den Schlüssel in die Hosentasche. Ihr Regencape behielt sie an. Sie ging zum Wirtschaftshof, holte den Handkarren mit den großen Gummirädern aus der Remise, legte Schaufel und Harke, ein paar Lappen, den Spachtel und Jutesäcke hinein und machte sich, den Karren schiebend, auf den Weg durch den strömenden Regen. Sie atmete tief durch, der Geruch war herrlich, modernde Erde und Nässe. Ein paar Spatzen badeten in den Pfützen, und als Alice an Gutzkows Grabstätte ankam, schaute sie sich an, was zu tun war. Schade, nur noch zweieinhalb Stunden bis zur Versammlung.

Selbst dieser unaufhörliche Regen machte ihr nichts aus. Zu viele Jahre lang hatte sie Büro- und Konferenzluft geatmet, zu viel geraucht, zu viel Kaffee getrunken, zu viele Entscheidungen getroffen, sich über den Tisch ziehen lassen und gelernt, andere über den Tisch zu ziehen, sich zu viel Imponiergehabe und Profilsucht ansehen müssen, war selbst in Gefahr geraten, sich auf Kosten anderer zu profilieren, hatte die Gefahr gebannt, indem sie, ehrgeizig und zäh, durchsetzte, was ihr wichtig erschien. Schließlich hatte sie sich in die Sphären der Angreifbarkeit vorgewagt und war angegriffen und schließlich gefeuert worden. Von heute auf morgen.

Die Waschküche des Interconti war damals keine Alternative gewesen. Der stille Garten der Toten schon eher. Von den Buchen und Eiben tropfte es, Tauben hörte Alice gurren, Eichhörnchen kletterten die Baumstämme hinauf- und hinab, und mit ruhiger Selbstverständlichkeit säuberte sie Gutzkows Grabstein, machte auch den Name seiner Frau Bertha wieder lesbar. Während sie sein Grabmal, den bescheidenen Gedenkstein, weder wuchtig noch protzig, aber doch auffällig an der Grenze zwischen Gewann C und D postiert, vom Moos befreite, ging ihr die Mühsal und Zerrissenheit dieses Dichters durch den Kopf, der zeitlebens Anfeindungen ausgesetzt war und auch dort Feinde witterte, wo man ihm wohlwollend begegnete. Kein Wunder, war er doch für seinen ersten

Roman mit drei Monaten Gefängnis bestraft worden und hatte Berufsverbot erhalten.

Alice schabte und schrubbte. Außer ihr gab es noch drei, vier Arbeiterinnen auf dem Friedhof, und Alice wirkte kaum anders als sie. Zupackend und den groben Scherzen der Männer gewachsen. Dass sie einst weiße Blusen und dunkle Kostüme getragen hatte, sah ihr keiner an.

Keine Bestattungen heute, und in diesen frühen Morgenstunden waren auch noch keine Spaziergänger unterwegs. Alice hatte längst einen Blick für die Besucher des Friedhofs und konnte Trauernde von jenen unterscheiden, die den Friedhof als riesigen Park betrachteten, wo es nicht nur Wiesen und Wege, Bäume und Büsche gab, sondern auch allerlei zu lesen.

Als Alice sich gegen halb zehn an den Gräbern der Familie Jügel zu schaffen machte und überlegte, ob ihr Zeit genug blieb, ihre Säuberungsaktion bis zum Beginn der Dienstversammlung auf Cretzschmars Grabstätte auszudehnen, ließ der Regen nach. Unschlüssig werkelte sie noch ein Weilchen herum, entschloss sich dann jedoch, ihre Siebensachen wieder auf den Handkarren zu laden und zum Krematorium zu gehen.

Der Geruch von feuchten Overalls und Regenmänteln, von Erde und Sagrotan schlug ihr entgegen, als sie die Trauerhalle betrat. Es war kurz nach zehn, und die Kollegen waren dabei, die Klappstühle aufzustellen, in Zwölferreihen, mit exakt bemessenen Zwischenräumen. Etwa hundertzwanzig Leute waren es, wenn man die Dauerkranken und die Frauen im Schwangerschaftsurlaub mitrechnete. Wie sehr hatte Alice doch seinerzeit, als sie Versammlungen leitete, darauf geachtet, dass man im demokratischen Halbrund saß, miteinander diskutierte und nicht als Befehlsempfänger wie beim Militär aufgereiht wurde. Hier fügte sie sich der Amtsordnung, half mit und setzte sich dann in die letzte Reihe.

In den ersten beiden Reihen saßen die Büroangestellten, distanziert, abwartend und kerzengerade. Nur zwei der jungen Frauen flüsterten miteinander, die anderen schwiegen und blickten stur nach vorn. Dort aber tat sich noch gar nichts. Die Meister, ein gutes Dutzend, Deutsche, ein paar Italiener und zwei Türken, waren viel lockerer, redeten und gestikulierten mit den Arbeitern, die zum Teil etwas verlegen auf ihren Sitzen hin- und herrutschten und ihre Mützen in der Hand hielten.

Manche waren froh, dass sie sich ein, zwei Stunden lang vom anstrengenden Alltag erholen konnten. Männer waren darunter, deren fünfzigjährige Gesichter von Sorgen und vom Wetter so gegerbt waren, dass man sie für sechzig halten konnte. Italiener, Jugoslawen, Marokkaner, Türken und Deutsche, die seit Jahrzehnten hier Dienst taten. Je länger sie auf dem Friedhof beschäftigt waren, desto sicherer wurde ihr Arbeitsplatz, desto dringlicher aber wurde auch der Zwang, echtes Geld zu verdienen. Bei den meisten reichte es weder hinten noch vorn. Die Kinder wurden größer, stellten Ansprüche und gaben sich längst nicht mehr mit einem Taschengeld zufrieden. Die Frauen schimpften auf die Enge der kleinen Wohnungen, gingen putzen oder nahmen Stellen als Verkäuferinnen an. Der Wagen musste abbezahlt werden, Zahnarztrechnungen wuchsen ihnen über den Kopf oder die Raten für die neue Couchgarnitur, und eine Verpflichtung jagte die andere. Die ausländischen Kollegen unterstützten ihre Verwandten daheim und stöhnten über die Höhe der monatlichen Überweisungen, die in Erzurum oder Izmir, Rabat oder Nador, in Syrakus oder Taormina von ihnen erwartet wurden. Daher hatten sie vor Jahren schon angefangen, sich Zweitjobs zu suchen.

Yusuf pflegte die Gärten von Bankdirektoren und Managern rund um die Louisa in Sachsenhausen, ein paar Kollegen zogen nach. Am Nachmittag stiegen sie Punkt halb vier vor dem Haupteingang in Yusufs Kleinbus und schafften bis zum frühen Abend weiter. Camillo hatte mit seinem Bruder eine Eisdiele in Ober-Mörlen eröffnet, übernahm die Spätschicht dort und das Kellnern am Wochenende. Einmal fragte Yusuf Alice, ob sie in sein Unternehmen einsteigen wollte, aber Alice winkte ab. Mehr Geld? Wozu brauchte sie Geld? Sie hatte weder einen Wagen noch eine Familie, nur ihre Mutter, die geistig verwirrt in einem Altersheim in Westfalen lebte.

Man nieste, räusperte und schneuzte sich, einige lehnten sich nun doch zurück oder fingen ein Gespräch mit dem Nachbarn an, Rufe erklangen durch die Trauerhalle, wenn auch gedämpft. Das Stimmengewirr brach schlagartig ab, als die Verwaltungsleiterin, flankiert vom alerten, schlanken Leiter der Personalstelle und dem bulligen Müller, der für die allgemeine Organisation zuständig war, den Saal betrat. Die Verwaltungsleiterin hatte kurze, hennagefärbte Haare. Sie trug eine Brille mit barock geschwungenen Goldbügeln und eine weiße Bluse über dem engen, schwarzen Rock, der ihr knapp übers Knie reichte.

»Mensch, hat die Waden!«, meinte Camillo zu Yusuf.

»Halt dich zurück«, antwortete er, »das Untergestell geht uns nichts an«.

Dank der Frauenquote der Stadtverwaltung war es ihr gelungen, diese Position zu erreichen, und sie strebte nach Höherem. Amtsleiterin wollte sie werden, wie man sich hinter vorgehaltener Hand erzählte. Von den Männern ließ sie sich gern hofieren, den Frauen gegenüber gab sie sich mütterlich, spielte sie aber gegeneinander aus. Wie man wusste, wickelte der bullige Müller mit dem puterroten Gesicht sie um den kleinen Finger. Der Amtsleiter – ein jovialer älterer Herr im Nadelstreifenanzug, der etwas vom Delegieren verstand, ließ sich selten blicken.

Rhetorisch war die Verwaltungsleiterin schwach und wäre mit ihrer Kopfstimme kaum durchgedrungen, wenn der Bullige nicht Ruhe herbeigezischt hätte. Ihre Unsicherheit versuchte sie mit Koketterie zu überspielen und verfiel in breiten, hessischen Dialekt, wenn sie aufgeregt war.

»Liebe Kolleginnen und Kollegen«, sie setzte zum dritten Mal an und wandte sich mit besonderer Herzlichkeit an die Damen aus dem Büro in den vordersten beiden Reihen.

»Wie Sie vermutlich alle - eh - wissen, ist es im kommenden Jahr - eh - fünfzig Jahre her, dass der Krieg zu Ende ist«.

Beide Hände fest um eine schwarze Mappe geklammert, versuchte die Verwaltungsleiterin ihr Zittern unter Kontrolle zu bringen. Sie sprach ohne Manuskript, es klang aber wie vor dem heimischen Spiegel eingeübt.

»Fünfzig Jahre nach der Kapitulation - eh - ich meine - eh - nach der Befreiung«, verbesserte sie sich, werde eine internationale Delegation nach der anderen in die Stadt kommen, und es sei, nicht nur aus diesem Anlass, an der Zeit, einen Bereich des Friedhofs »auf Vordermann zu bringen«, so sagte sie wörtlich, der aus Personalmangel, und allein aus diesem Grund, bisher vernachlässigt worden sei. Wenn nun die Herrschaften aus New York und Tel Aviv, aus Mailand, Lyon und Birmingham anreisten, um an den Feierlichkeiten in der Paulskirche teilzunehmen, werde ein Besuch der Gräber der Toten aus dem letzten Weltkrieg bestimmt auf dem Festprogramm stehen. Bis zum Mai 1995 sei es zwar noch zehn Monate hin, und gewiss, der Herbst werde manche ihrer Bemühungen wieder zunichte machen, aber im kommenden Frühjahr werde dann auch manches einfacher, kurz und gut, man müsse endlich das Gewann VII wieder vorzeigbar machen. Sie persönlich schäme sich, wenn die Gräber dort weiterhin von Unkraut überwuchert seien

Das war ihre Masche, eine weibliche Finte, auf die kein Mann in ihrer Position je kommen würde. Sie spickte ihre Reden an die Mitarbeiter mit persönlichen Gefühlen, die jeden, der sie nicht kannte, rührten. Sie machte die Pflege der Kriegsgräber, eine Anweisung, die sie von oben erhalten hatte, zu ihrem ureigensten Anliegen und wirkte dadurch überzeugend.

Kurz und gut, jedermann, jedefrau – ein Augenaufschlag machte deutlich, dass sie die Sprachregelung des Magistrats, wonach generell der männlichen Form die weibliche korrekt und gleichberechtigt an die Seite gestellt werden müsse, konsequent beherzigte, schon in ihrem eigenen Interesse –, jeder und jede müsse nun die Ärmel aufkrempeln und sich an die Arbeit machen. In den ersten beiden Reihen wurde es unruhig. Flüstern und Wispern deuteten an, dass die Büroangestellten um ihre sauberen Fingernägel fürchteten. Sollten sie auch zu Aufräumungsarbeiten herangezogen werden? Die Verwaltungsleiterin war jetzt in Schwung geraten und ließ sich von dem Gemurmel nicht irritieren. Ein Blick des bulligen Müller und eine beschwichtigende Geste des smarten Leiters der Personalstelle sorgten augenblicklich für Ruhe. Wie alle wüssten, fuhr sie fort, seien die städtischen Kassen leer, und alle Versuche, dem Friedhofsamt mehr Personal zuweisen zu lassen, alle ihre verzweifelten Versuche, in dieser schwierigen Lage auf höherer Ebene Gehör zu finden, seien auf taube Ohren gestoßen. Daher habe sie nach Rücksprache mit allen Verantwortlichen beschlossen – Müller nickte, und der alerte Leiter der Personalstelle ließ ein leises »genau« hören –, dass ein Trupp von Freiwilligen diese zusätzliche Arbeit übernehmen solle.

Wieder einmal stehe der Sommerurlaub bevor. Für alle Daheimgebliebenen brächten diese sechs Wochen große Belastungen mit sich, mache doch der Tod nicht vor Kalendertagen halt, und man wie frau wisse nie, was auf das Amt zukomme, vieles sei hier weniger kalkulierbar als andernorts. Sie holte tief Luft. Offensichtlich war sie dabei, aus dem Konzept zu geraten und hielt sich nicht mehr an ihr sorgfältig auswendig gelerntes Manuskript. Sie hatte den Faden verloren und schaute hilfesuchend zu Müller, der schweigend in die Versammlung starrte, um potenzielle Unruhestifter allein schon durch seinen Blick zu bannen. Während Müller ihre Pause kaum wahrnahm, sekundierte der Leiter der Personalstelle eilfertig:

»Und daher haben wir uns ein Konzept überlegt, das ...«

»... dazu beitragen kann, diese, zu unserer aller Schande sei es gesagt, vernachlässigte Ecke des Friedhofs in Ordnung zu bringen«. Erleichtert setzte die Verwaltungsleiterin den Satz fort.

Zwölf Leute wurden gesucht, zwölf Freiwillige; sie hielt wieder einen Moment inne, vielleicht in der Hoffnung, mehr Hände würden in die Luft schnellen als notwendig. Da ihr aber nur Schweigen antwortete, eine Stille, die noch nicht einmal von leisem Getuschel unterbrochen wurde, fuhr sie fort, indem sie, keineswegs spontan, sondern, wie jedem klar war, von langer Hand vorbereitet, mit einem Anreiz lockte. Wer sich freiwillig melde, sei in dieser Zeit von allen anderen Aufgaben befreit; Bedingung sei allerdings, täglich eine halbe Stunde mehr zu arbeiten.

»Drei Tage Sonderurlaub«, verkündete sie, werde allen gewährt, die in den ersten beiden Juliwochen bei den Aufräumungsarbeiten rund um das Ehrenmal für die Gefallenen der beiden Weltkriege mit Hand anlegten.

In Vollmondnächten, wenn das Mondlicht kalt auf die Kuppel der Synagoge schien, hatte Alice oft Schwierigkeiten, einzuschlafen. Sie musste ihre beiden Mansardenfenster weit öffnen und meinte an der Zimmerluft zu ersticken. Auch wenn sie unempfindlich gegen Wind und Wetter war und die Abhängigkeit von Mondphasen für reine Einbildung hielt, irritierte sie der Vollmond.

In der Nacht nach der Dienstversammlung lag sie hellwach im Bett, zwang sich, die Augen zu schließen, machte sie aber immer wieder auf und bedauerte, dass nicht Dunkelheit herrschte, sondern dieses kalte, graue Licht vor den Fenstern. Und dann das Dröhnen der Flugzeuge. Vom Verkehrslärm auf den Straßen war sie hier verschont; ihre kleine Wohnung lag im fünften Stock einer Gründerzeitvilla in einer stillen Seitenstraße im Westend.

Kollbrands Einwurf beschäftigte sie. Kollbrand war Vorarbeiter, ein hagerer Typ mit einer Basketballmütze, von den meisten Kollegen gehasst und gefürchtet, weil er sie schikanierte. Alice war bisher noch nicht mit ihm zusammengestoßen, vielleicht, weil sie geschickt genug war, ihm nicht in die Quere zu kommen.

»Einebnen!« hatte er gerufen. »Alles einebnen - und bloß keine Gedenktafeln mehr!« Er war aufgestanden, hatte sich ereifert und gebrüllt: »Vergesst das Pack, vergesst den Krieg – einmal muss Schluss sein mit der Gefühlsduselei!«

Von mehreren Seiten hatte man ihm widersprochen, einige waren aufgesprungen, reagierten wütend und ballten die Fäuste, bis ein Kollege vom Personalrat das Wort ergriff und versuchte, Kollbrand klar zu machen, was für eine Ungeheuerlichkeit er da von sich gab.

Das Ergebnis der Auseinandersetzung war, dass sich fünfzehn statt der erwarteten zwölf Freiwilligen meldeten. Alice war sowieso eine der ersten und hatte schon vor Kollbrands unverschämter Schimpfkanonade die Hand gehoben. Ihr ging es weniger um den Sonderurlaub. Ihr war gleichgültig, ob man meinte, sie wolle sich bei der Verwaltungsleiterin, bei Müller oder diesem schlanken Gernegroß einschmeicheln, der die Personalstelle leitete. Ihr ging es um das Erinnern. Wenn der Hauptfriedhof nun einmal eine, wenn auch bescheidene, Ecke mit Gräbern von Kriegstoten hatte, und wenn Alice dazu beitragen konnte, dass die Erinnerung an die Gräuel des letzten Kriegs, der von diesem Land ausgegangen war, nicht verloren ging, dann wollte sie diese Möglichkeit nutzen.

»Kollbrand wählt die Reps«, flüsterte Yusuf ihr zu, als der Tumult sich gelegt hatte.

Nicht nur Kollbrand, dachte Alice bitter. Leute wie Kollbrand hatten wieder Oberwasser. Sie konnten die wüstesten Schmähungen loswerden, ohne Repressalien zu befürchten. Ganz allmählich machte sich unter den Deutschen wieder Imponiergehabe und

Großmannssucht breit, nicht nur unter den Kollegen auf dem Friedhof.

Abschätzige Bemerkungen gegenüber ausländischen Kollegen waren an der Tagesordnung, und niemand griff ein. Neulich erst hatte Alice beobachtet, wie Kollbrand, Meier und Pasewang unter den Arkaden der Bethmanngruft die Köpfe zusammensteckten. Während Alice sich am Grab von Dorothea Schlegel zu schaffen machte, fing sie ein paar Gesprächsfetzen auf.

»Denen werden wir's zeigen ...«, ereiferte sich Meier.

»Verdammtes Gesocks ...«, rief Pasewang

Als Alice den Abfall zusammenfegte, hörte sie, wie die drei sich nationalistische Parolen zuriefen, bevor sie sich trennten und wieder auf ihre Pritschenwagen kletterten.

Alice begriff das nicht und wollte es auch nicht begreifen. Das Wiederaufleben rechtsextremer Gedanken machte sie unruhig und regte sie so auf, dass sie noch größere Schwierigkeiten hatte, einzuschlafen. Sie war kurz nach Kriegsende geboren, als ihr Vater schon tot war. Ein geliebtes, verwöhntes Kind, von der Mutter gehätschelt und von den Großeltern erzogen. Lommi, ihre Großmutter, hatte pädagogische Prinzipien und leitete ihre Tochter an, wie man mit Kindern umzugehen habe. Mit sanfter Strenge, aber ohne Druck, und vor allem konsequent.

Der Vollmond stand direkt über den weit geöffneten Fenstern. Alice machte kurz die Augen auf und schloss sie wieder. Sie musste schlafen, um morgen fit zu sein, wieder in Ruhe zu harken, zu jäten und dem Tag gewachsen zu sein. Wenn sie nicht ausgeruht zum Friedhof radelte, wenn sie sich erschöpft und müde fühlte, war ihr manchmal danach, sich gleich ins Grab zu legen.

Sie machte die Augen zu und fing an, Schafe zu zählen. Während sie in Gedanken ein Schaf nach dem anderen über die Hürde springen ließ, ein wolliges, schmuddlig-graues nach dem anderen, ließ sie sich immer wieder durch Erinnerungen ablenken. Nach vielen Nachforschungen, nach langer Suche und unzähligen Behördengängen, nach vielen Briefen, auf die sie meist keine Antwort erhielt, hatte Johanna, Alice' Mutter, schließlich das Grab von Alice' Vater gefunden. Es lag auf einem Soldatenfriedhof bei Gotha. Alice wusste wenig von diesem Mann, auch wenn ihr viel über ihn erzählt worden war.

Alice zählte Schafe. Eins nach dem anderen, und stellte sich dabei das Grün der Wiesen und Weiden vor. Aber es wollte und wollte ihr nicht gelingen, einzuschlafen.

Im November 1944 hatte Peter Alice gezeugt, sich mit Johanna verlobt und die Heirat hinausgezögert, bis es zu spät war. Im März 1945 hatte er seine Unterschrift unter ein Todesurteil für zwei Deserteure gesetzt. Der Vater, gehörte zu einer Kampfgruppe, die mit außerordentlicher Härte vorging. Als er mit den wenigen Leuten, die von seiner Einheit übrig geblieben waren, Anfang April 1945 in Herrenberg bei Georgenthal, einem Ort zwischen Ohrdruf und Tambach-Dietharz, einen Konvoi amerikanischer Panzer in das Dorf einfahren sah, stand er in einem Hauseingang, rannte ein paar Schritte vor und zielte mit der Panzerfaust auf das erste Fahrzeug der Kolonne.

Ihre Mutter hatte Alice das in allen Einzelheiten erzählt.

Man feuerte auf ihn. Kopfstreif- und Brustdurchschuss. Stunden später hisste der Pfarrer von Georgenthal die weiße Flagge auf der Spitze des Kirchturms. Alice' Vater wurde ins Krankenhaus von Friedrichroda eingeliefert, und die Ärzte schüttelten den Kopf. Eine Operation war zwecklos. Am nächsten Morgen war er tot. Johanna war im fünften Monat schwanger, unverheiratet, und erfuhr erst im Juni von Peters Tod.

Alice zählte weiter Schafe. Eins nach dem anderen ließ sie über die Hürde springen und fing immer wieder von vorn an, weil sie merkte, dass ihre Gedanken abschweiften.

Ihr Vater, das war das großformatige Foto über Johannas Bett und die grüne Schirmmütze mit der rot-schwarzen Kordel, die an einem Nagel über dem gerahmten Bild hing, das war der ernste Blick. An einem grauen Morgen, und daran erinnerte sich Alice genau, obwohl sie höchstens vier gewesen sein konnte, stand sie verschlafen mit Johanna am Bahnhof, um nach Gotha zu fahren. Alice trug einen kleinen Rucksack, den Lommi ihr aus soldaten-grünem Leinzeug genäht hatte, Johanna hatte ihre Handtasche geschultert und ein Holzkreuz in der Hand, ein Kreuz, das der Großvater aus zwei schmalen Latten gezimmert hatte.

Alice hatte ihm im Schuppen zugeschaut, wie er mit Zollstock und Bleistift Linien auf dem Querbalken zog, Buchstaben vor-zeichnete, die Buchstaben dann mit äußerster Konzentration aus-maß, nachmaß und schließlich mit schwarzer Farbe malte: *Peter Dessau*. Darunter zeichnete er ein kleines Kreuz und die Ziffern: *5. 4. 1945.*

Alice konnte noch nicht lesen, und der Großvater las ihr den Namen und die Ziffern vor. »Das war dein Vater«, sagte er ruhig. Dann stand sie in der Morgendämmerung mit Johanna auf dem Bahnhof, um das Kreuz nach Gotha zu bringen und auf das Grab ihres Vaters zu setzen.

Soldaten sind Verbrecher, sagte sich Alice und zählte wieder Schafe, um einzuschlafen. Soldaten sind Verbrecher, aber man muss sie begraben wie alle anderen Toten. Ihr Vater schien den Krieg bis zum Letzten ausgekostet zu haben. Die Gräber in Thürin-gen und Sachsen, in Polen, Russland und der Ukraine, in Frank-reich, Italien und Nordafrika sollten mahnen, sollten an das Grauen des Kriegs erinnern. In Deutschland lebte man seit Jahrzehnten friedlich vor sich hin, wollte vergessen, lernte spät, sich wieder zu erinnern, und war gerade dabei, wieder zu vergessen. Wie sonst könnte ein Typ wie Kollbrand sich mit seinem nationalistischen Quatsch aufspielen? Was konnte man dem nur entgegensetzen?

Alice war beruhigt, dass der Personalrat Kollbrand mit einer solchen Schärfe zurechtgewiesen hatte, dass der sein Großmaul während der Dienstversammlung nicht noch einmal aufriss. Kollbrand war sichtlich eingeschnappt. Alice sah, wie verbiestert er die Lippen zusammenkniff und seine Fäuste sich in der Hosentasche ballten. Meier und Pasewang drehten sich um und nickten Kollbrand verstohlen zu.

Während Alice weiter Schafe zählte wanderten ihre Gedanken zu Johanna, die heute in einem Pflegeheim vor sich hin dämmerte.

Wie flott, wie lebenslustig war ihre Mutter damals gewesen. Alles hatte sie daran gesetzt, ihre Alice für ehelich zu erklären. Nach dem achten Mai 1945 war eine posthume Eheschließung nicht mehr möglich, aber Johanna schaffte es, dass ihr Name in Dessau geändert wurde.

In ihrer Kindheit war alles Harmonie. Dissonanzen kannte Alice kaum. Jeder Satz, den sie damals sagte, wurde nicht nur gelobt und bewundert, sondern oft auch aufgeschrieben. Großmutter und Mutter fotografierten das Kind im blumenbestickten weißen Kleid auf der weitläufigen Wiese vor dem Haus, wo Himmelsschlüsselchen und Margeriten blühten. Sie fotografierten ihre Alice, die sie Lieschen nannten, im Spielhöschen auf der Schaukel, beim Jo-Jo-Spiel und mit dem Puppenwagen oder im Wollanzug mit Pudelmütze auf dem Rodelschlitten im Schnee.

Tag für Tag wurden ihre kindlichen Aussprüche gesammelt, mit Fotos und Johannas Zeichnungen bebildert. Unermüdlich füllten Lommi und Johanna Alice' Kindheitsalbum. Später, als Johanna mit ihrem Lieschen die Eltern in Thüringen verließ, um in den Westen zu gehen, entwickelte sie einen Ehrgeiz für ihr Kind, dem Alice nicht immer gewachsen war.

Wenn man sie *Lieschen* nannte, strahlte ihr pausbäckiges Kindergesicht, und alles, was sie versuchte, gelang ihr. Im Westen aber kam es vor, dass die Wirtinnen der ständig wechselnden möblierten Zimmer Alice anschnauzten: »Mach dir nicht schmutzig«. Das führte dazu, dass Alice als Dreckspatz heimstolperte und das weiße Leinenkleid mit den gestickten Blumen zum Schmutzlappen verkam. Und frech wurde sie auch, da sie die Wirtinnen korrigierte. »Dich«, sagte sie, nicht »dir«.

Alice' Vater hatte studiert. Also schickte Johanna ihr Kind, das in der Volksschule zu den Besten gehörte, aufs Gymnasium, und nicht etwa auf irgendeins, sondern ein humanistisches musste es sein, da auch ihr Vater alte Sprachen gelernt hatte. Alice wurschtelte sich durch, bis zum Abitur.

Und weiter zählte Alice Schafe und musste immer wieder von vorn beginnen, als sie merkte, in was für ferne Zeiten ihre Gedanken abgeglitten waren.

Sie verließ die westfälische Kreisstadt, studierte und schloss ihr Studium ohne Mühe ab. Nach dem Examen ging sie nach Frankfurt. Trübselig waren ihre ersten Jahre in der Großstadt, bis sie eine Stelle fand, die wie maßgeschneidert passte. Bis zu dem Zeitpunkt, an dem es hieß: »Wir haben uns in Ihnen getäuscht, Frau Dessau« und ihr Berufsleben von einem Tag auf den anderen in tausend Scherben zerbrach. Sie wollte nicht mehr darüber nachdenken, wie es dazu gekommen war. Sie hatte diese Zeit hinter sich gelassen, abgestreift wie einen alten Mantel, der zwar aus gutem Stoff, fast wertvoll war, aber nicht mehr zu gebrauchen.

Man hatte sie geachtet. Sie hatte als talentiert und engagiert gegolten und ausgezeichnet verdient. Dann wurde sie von einem

Tag auf den anderen gefeuert. Sie musste damit zurechtkommen, arrangierte sich mit den Verhältnissen und suchte sich den Job in der Waschküche, um, wie sie meinte, Ruhe zu finden. Ihre Ruhe aber fand sie nicht in der sterilen Sauberkeit mit dem Geruch nach Waschmitteln, sondern erst in der grünen Wildnis hinter den Friedhofsmauern. Wenn Alice sich jetzt nach Feierabend auf ihrem Rad ins Verkehrsgewühl stürzte, sehnte sie sich fast schon wieder nach der Stille zwischen den Gräbern. Still war es aber auch in ihrer spärlich eingerichteten Dachwohnung. Außer einer Yucca-Palme, der einzigen Pflanze hier, hatte sie kaum etwas aus ihrer großen, fast herrschaftlichen Wohnung mit Balkon und Garten mitgenommen, die sie bald nach ihrem beruflichen Fehlschlag aufgeben musste. Kaum etwas erinnerte hier an frühere Zeiten, abgesehen von dem Bücherschrank, den sie von ihrer Großmutter geerbt hatte. Von ihren ehemaligen Kollegen, Freunden fast, hatte sie sich zurückgezogen und war trotz ihrer Einsamkeit nicht wunderlich geworden irgendwann.

Wieder zählte sie Schafe und schlief ein.

Seit Tagen waren sie damit beschäftigt, die Grabplatten zwischen Huflattich, Disteln und Brennnesseln wieder freizulegen. Das Gestrüpp war so dicht, dass Alice schließlich wie alle andere, trotz der sommerlichen Hitze Handschuhe trug. »Bei dem kärglichen Lohn wirst du dir doch nicht die Hände ruinieren«, mit diesem Kommentar gelang es Yusuf, Alice zu überzeugen, und seufzend stülpte sie sich die schweren Handschuhe über, die die Bewegungsfreiheit ihrer Finger einschränkten. Aber immerhin brannte es nicht mehr, wenn sie Nesseln und Disteln aus dem Boden zog.

Wildnis hatte sich rund um das Ehrenmal ausgebreitet, ein Dschungel, in dem sie blühende Kartoffelstauden entdeckten und Kohlgewächse, Brombeerbüsche und Hagebutten. Nachdem sie das Gelände tagelang regelrecht gerodet hatten, um Grabsteine und Kreuze wieder sichtbar zu machen, schrubbte Alice am Anfang der zweiten Woche mit Abdul die beiden Gedenksteine, die am Rande des Feldes für die Opfer der Verbrechen des Nationalsozialismus eingelassen waren.

Als diese Steine zwischen wucherndem Gras, Knöterich und Ackerschachtelhalm wieder auftauchten, wirkten sie wenig überzeugend, eher wie eine Pflichtübung, der sich der Magistrat vor Jahren unterzogen hatte. An die Juden, die in den Konzentrationslagern ermordet worden waren, sollte der eine Stein erinnern, der andere, noch etwas schmaler, noch etwas verwitterter, an die Sinti und Roma. Die Aufschriften waren nur mit Mühe zu lesen.

Alice ging in die Knie und wischte den Tauben- und Meisenkot mit einem Lappen weg, den sie immer wieder im Wasser auswrang. Sie wollte alles lesen, was auf diesen Tafeln stand, wollte wissen, mit welchen Worten man der Ermordeten gedachte.

»Wenn der Herbst kommt ...«, richtete sie sich einmal kurz auf und sagte zu Abdul, »ist eh alles wieder voll Laub«.

»Aber dann wird's einfach«, meinte er. »Und wir haben im Frühjahr weniger zu tun«.

Auch er erhob sich, streckte sich, griff in die Jackentasche und bot Alice eine Zigarette an.

»Danke«, sagte Alice, »aber ich habe es mir abgewöhnt.«

»Alle Achtung«, erstaunt blickte Abdul sie an, »wie hast du denn das geschafft?«

Alice lachte.

»Frag nicht, das war hart genug. Aber die Husterei jede Nacht wurde mir irgendwann zuviel.«

Abdul zündete sich seine Zigarette an und inhalierte den Rauch so genussvoll, dass Alice nahe daran, ihren Prinzipien untreu zu werden.

»Ach, weißt du, Alice«, sagte er, »irgendein Laster braucht der Mensch. Bei dem einen ist es das Bier, bei dem anderen ...«

»Sag mal«, Alice unterbrach ihn, »wann fährst du nach Marokko?«

»Stell dir vor, dieses Jahr fahre ich zum ersten Mal nicht mit
dem Zug. Ich fliege, erst nach Casablanca, und von dort aus nach
Nador; ich kann zwar nicht viel mitnehmen, und meine Frau wird
enttäuscht sein, aber was meinst du, was ich für Zeit spare – und
dann sechs Wochen zu Hause.« Bei den Gedanken an seine Familie
strahlte Abdul. Er war Anfang fünfzig und hatte dichte, graue Haare. Sein Gesicht war vom Wetter gegerbt und voller Falten, und
sein Rücken war gebeugt wie der eines Siebzigjährigen.

»Wie hältst du das bloß aus, das ganze Jahr über ohne Frau und
Kinder?«

»Ach, Alice«, er lächelte, »nach zwanzig Jahren fragt man nicht
mehr. Meine Frau erträgt es, und die Kinder wachsen heran. Das
geht alles seinen Gang«.

Alice sah ihn skeptisch an.

»Ich habe mir überlegt«, fuhr er fort, »ob ich meinen ältesten
Sohn mitbringe, aber ich glaube, ich schicke ihn lieber nach Frank-
reich.« Nachdenklich inhalierte er den Rauch und fragte sie dann:
»Und du, wohin fährst du dieses Jahr? Ihr habt's gut, die ganze
Welt steht euch offen«.

»Nirgendwohin«, antwortete Alice, ging wieder in die Hocke
und beugte sich über die Grabplatte. »Urlaub nehme ich erst im
September, wenn ihr alle wieder zurück seid. Ob ich wegfahre,
weiß ich noch nicht.« Alice schätzte die Einsamkeit, aber wenn sie
allein auf Reisen war, fühlte sie sich unglücklich. Auf Reisen, ge-
stand sie sich ein, täte ihr ein Partner gut, ein Mensch, mit dem sie
reden könnte. Und da sie niemanden hatte, weder einen Freund
noch eine Freundin, würde sie vermutlich zu Hause bleiben.

»Mensch, das darf doch nicht wahr sein!« Camillo stieß einen
Jubelschrei aus. »Kommt mal her und schaut euch das an!«

Abdul und Alice gingen zu ihm, Yusuf und Arif ließen Harken
und Spaten fallen, Hüseyin und Ahmed, Massimo, Heiner, Osman,
Mahmoud und Milan, alle, die rund um das Ehrenmal zu tun hat-

ten, umringten Camillo und verstanden nicht gleich, warum er einen Freudentanz aufführte.

»Da, seht nur« rief er, breitete die Arme aus und wies auf eine Art Beet mit Grünpflanzen zwischen Thuja- und Buchsbaumhecken, direkt unter der großen Platane.

»Tomaten?« fragte Heiner. »Du willst uns wohl verarschen.«

»Ja, wisst ihr denn wirklich nicht, was das ist?« Yusuf befühlte die Blätter, Osman riss ein paar Stängel ab, Milan schaute kopfschüttelnd zu, die Hände in den Hosentaschen.

»Junge!« Abdul lächelte besorgt, »lass die Finger davon.«

»Aber Abdul«, erwiderte Camillo, »das ist doch super«, und zu den anderen gewandt, denen allmählich dämmerte, was Camillo entdeckt hatte, sagte er mit gedämpfter Stimme: »Ein ganzes Beet mit Cannabis, auf unserem braven Friedhof. Wer hätte das gedacht! Du meine Güte, damit können wir uns eine goldene Nase verdienen.«

»Ob da von echt keiner wusste?« fragte Heiner in die Runde.

»Bestimmt nicht. Sonst hätten die es doch längst dem Erdboden gleichgemacht.«

»Müssten wir das nicht dem dicken Müller melden?« fragte Hüseyin zaghaft.

»Du spinnst wohl!«

»Das hat gerade noch gefehlt!«

»Kommt überhaupt nicht in die Tüte!«

Ein paar der Arbeiter waren sich einig, dass sie diesen Fund für sich behalten sollten. Heiner schwieg, und Abdul schüttelte den Kopf. Alice hielt sich zurück, ihr war noch nicht klar, was Camillo vorhatte.

»Hör mal«, Abdul fasste Camillo am Arm, »du bist wohl verrückt geworden? Ist dir nicht klar, dass uns sowas die Stelle kosten kann?« Der sonst so stille Abdul wirkte erregt.

»Du übertreibst«, erwiderte Yusuf aufgebracht. »Das ist doch lächerlich. Wer weiß, wie das Zeug hierher gekommen ist? Wir tun nur unsere Pflicht, wenn wir es an einem sicheren Ort unterbringen.« Umständlich erläuterte er, sie könnten die Pflanzen sorgfältig ausgraben und an einer schwer zugänglichen Stelle, auf der Grenzlinie zwischen Gewann K und L, in einer Ecke, in die sich kaum Besucher verirrten, wieder einpflanzen.

»Ganz genau«, meinte Camillo und wollte schon den Spaten ansetzen.

»Kein Hahn kräht danach, wir müssen nur den Mund halten. So'n bisschen Grünzeug ... Warten wir's ab, wie die Pflanzen gedeihen. Nach dem Urlaub ...«

»Ihr habt 'nen Knall!« unterbrach ihn Heiner. »Der Anbau von dem Zeug ist strafbar. Und wenn ihr auch noch vorhabt, das zu verhökern, dann wird's zappenduster. Also, mit mir nicht!«

Camillo und Yusuf schauten einander betroffen an. Camillo hatte dunkle Locken, in denen sich ein paar graue Strähnen zeigten. Er war fast zwei Meter groß, breitschultrig und verschaffte sich allein durch sein Auftreten Respekt. Oft wurde er gerufen, wenn es darum ging, Streitigkeiten zu schlichten, die in Handgreiflichkeiten auszuarten drohten. Jetzt aber wollte er etwas durchsetzen, was er für unbedenklich hielt, und der Widerspruch ging ihm gegen den Strich. Yusuf, rundlich und von mittlerer Statur, die kastanienbraunen Haare auf Streichholzlänge geschnitten, wirkte neben Camillo klein. Camillo und Yusuf verstanden sich blendend, und unterstützten einander immer. In der Regel wussten sie Abdul, den Älteren, Erfahreneren, auf ihrer Seite, und beide waren erstaunt, dass er dieses Mal nicht mitziehen wollte. Im Gegenteil, mit allen Mitteln versuchte er, sie in ihrem Tatendrang zu bremsen.

»Heiner hat Recht«, erklärte Abdul. »Das kann uns alle den Kopf kosten. Menschenskinder, ihr vergesst wohl, wie viele von unserem Job abhängen. Seid ihr verrückt, dass ihr das alles so leichtfertig aufs Spiel setzen wollt? Grabt das Zeug aus und schmeißt es auf den Kompost. Sonst wird's böse enden!«

»Am besten pflügen wir es unter, damit keiner Lunte riecht«, rief Heiner.

»Überlegt doch mal«, fuhr Abdul fort und geriet fast in Rage. »Seit Leute wie Kollbrand sich wieder aufspielen, ist man eh nicht gut auf uns zu sprechen. Wenn irgendwas schief läuft, wer sind die Schuldigen? Die Ausländer. Müller und die anderen im Büro suchen doch nur einen Vorwand, um mit uns kurzen Prozess zu machen. Was ihr da vorhabt, ist ein gefundenes Fressen für diese Typen!« Er wandte sich an Alice: »Sag mal, was meinst du dazu?«

Alice zuckte die Achseln.

»Abdul, ich glaube, du übertreibst. Ist das nicht harmlos? Ein paar exotische Pflanzen, weiter nichts. Wenn du das aber für so gefährlich hältst –«

»Abdul hat völlig Recht«, Arif schaltete sich ein. »Denkt doch mal an die Vorurteile, mit denen wir uns ständig rumschlagen müssen. Sollen wir den Leuten auch noch Munition liefern?«

Camillo und Yusuf sahen einander an.

»Na, ihr habt vielleicht Ideen«, ergriff Yusuf das Wort. »Das Ganze ist doch nur ein Spaß. Wir finden ein paar Haschischpflanzen, bringen sie an einen sicheren Ort und warten ab, was draus wird. Was soll denn daran riskant sein?«

Niemand machte den Mund auf.

»Ich sehe es genauso wie Yusuf«, sagte Camillo nach einer Weile. »Und wenn ihr nichts damit zu tun haben wollt, nehmen wir das auf unsere Kappe. Wir haben jetzt eh gleich Feierabend«, er schaute auf die Uhr. »Bringt eure Spaten und Harken in die Remise und macht euch vom Acker. Yusuf und ich haben hier noch eine Weile zu tun.«

Das war deutlich. Abdul zertrat seine Zigarette auf dem Boden, steckte die Hände in die Hosentaschen und machte sich kopfschüttelnd davon. Arif nahm seine Mütze ab, kratzte sich am Kopf, lud mit Mahmoud, Milan und Osman die herumliegenden Gartengeräte auf die Schubkarren, und die vier folgten Abdul zum Wirtschaftshof. Auch die anderen trotteten davon.

»Fahren wir heute nicht zur Louisa?« Hüseyin drehte sich noch einmal zu Yusuf um.

»Yahuuu – Verdammt noch mal«, antwortete er, »du Trottel, hast du vergessen, dass heute Mittwoch ist?«

Mittwochs ging jeder nach Feierabend seiner eigenen Wege, da wurden ihre Dienste in den Gärten der Manager nicht gebraucht.

»Ihr macht einen Riesenfehler«, sagte Heiner im Weggehen, und als Alice sich noch einmal umwandte, sah sie Camillo und Yusuf eifrig graben.

ECKENHEIMER LANDSTRASSE
OREGANO

Am letzten Tag vor dem Sommerurlaub, an einem Freitag Mitte
Juli, dem letzten Schultag der Kinder, kletterte das Thermometer auf dreißig Grad, die Luft war schwül und drückend, der
Himmel bedeckt, und es gab kaum jemanden im Gewann VII, der
nicht immer wieder verstohlen auf die Uhr sah. Man zählte die
Stunden bis zum Feierabend. Grabplatten, Gedenktafeln und Kreuze waren vom wuchernden Unkraut befreit und geputzt, Namen,
Daten und Aufschriften wieder lesbar, und es gab fast nichts mehr
zu tun. Einige harkten die Wege, und andere arbeiteten noch ein
bisschen an den Gräbern herum, obwohl das gar nicht mehr nötig
war.

Gegen zwei Uhr rief Camillo so laut, dass man es auch in der
abgelegensten Ecke hören konnte: »Was meint ihr? Fangen wir mit
dem Picknick an?«

»Warum eigentlich nicht?«, meinte Abdul. »Die Arbeit ist getan.«

Camillo holte eine Kiste Valpolicella hinter dem Fahrersitz des Pritschenwagens hervor, Abdul schleppte einen Kasten Wasser an, Yusuf hob zwei riesige Platten mit gefüllten Weinblättern, die seine Frau sorgfältig mit Alufolie abgedeckt hatte, von der Ladefläche, Arif packte Unmengen von frischem *Pide* aus, Alice und Osman breiteten mehrere Decken auf einem Platz am Rande der Gräber aus, kramten Becher, Teller und Besteck aus verschiedenen Tüten hervor, und alle, die in den letzten beiden Wochen geschuftet hatten, um diesen vernachlässigten Winkel des Friedhofs wieder in Ordnung zu bringen, ließen sich im Kreis auf der Decke nieder.

»Salute!« rief Camillo und schenkte allen ein. »Lasst es euch schmecken!« Und man reichte einander Weinblätter und Käse, Butter, Oliven, Schafskäse, Pide und Brot.

Mit vollem Mund lachte Heiner Alice an: »Sowas sollten wir öfter machen«, sagte er. »Das schmeckt ja super!« Und zu Yusuf gewandt: »Sag mal, wann fahrt ihr denn?«

Yusuf wollte noch am selben Abend mit seiner Frau und den Kindern nach Venedig aufbrechen und von dort aus mit der Fähre nach Izmir reisen. Danach sollte es weitergehen nach Denizli.

»Hast du's gut«, Arif schwärmte von der Reise an der adriatischen Küste entlang zum Peloponnes, vom Sonnenuntergang über den Kykladen, von der Wärme in der Ägäis, der Ruhe auf dem Schiff und dem strahlenden Morgen bei der Ankunft im Hafen von Izmir. Begeistert und mit einem Fünkchen Neid hörten ihm die anderen zu. Arif hatte es in diesem Jahr eilig und reiste daher nicht, wie Yusuf, mit der Fähre. Wie Hüseyin und Osman würde er nach Istanbul fliegen, um dort ein paar Tage bei den Eltern zu verbringen, dann aber weiterreisen, ans Meer, nach Kuşadası.

Daheim würden die Kinder vernünftig Türkisch reden und wieder verstehen, was die Eltern meinten, wenn sie *Heimat* sagten.

»Aber«, sagte Yusuf und zupfte nachdenklich an seinem Schnurrbart, »ich bin mir inzwischen gar nicht mehr so sicher, wo unsere Kinder zu Hause sind. Unser Jüngster macht uns Sorgen. Heute gibt's Zeugnisse, und wer weiß, was uns da wieder blüht. Der Junge kommt überhaupt nicht mit sich selbst zurecht, meine Frau wird kaum mehr mit ihm fertig. Wir müssen unheimlich aufpassen, dass er nicht in schlechte Gesellschaft gerät. Es wird Zeit, dass ich mich mal wieder um ihn kümmere«, er fuhr sich durch die Haare und fuhr nach einer Pause fort: »Aber unsere Große, du meine Güte, wie die sich rausgemacht hat. Da bleibt einem die Spucke weg. Im Herbst fängt sie mit dem Studium an. Ich wünschte, der Kleine hätte was von ihrem Ehrgeiz. Mensch, das hätten wir vor zwanzig Jahren nicht gedacht - mit einem Bein leben wir hier, und mit dem anderen in der Türkei. Wenn die Kinder von *Zuhause* sprechen, meinen sie Frankfurt. Und meine Frau hat das ganze Jahr über Heimweh nach Denizli.«

»Nun werd' mal nicht melancholisch. Warten wir's ab!« Camillo füllte erneut Yusufs Becher.

Während sie aßen, tranken und plauderten, während Heiner Hüseyin von den Hotels und Stränden auf Mallorca erzählte und betonte, was für ein Schnäppchen er letzte Woche gemacht hatte, als er Flug und Hotel für drei Personen zu einem Spottpreis buchte, während Alice Yusuf Grüße an seine Eltern in Denizli auftrug und ihm versicherte, im nächsten Jahr werde sie bestimmt wieder in die Türkei fahren, da sie sich im letzten Herbst dort pudelwohl gefühlt habe und den Ausflug zu den Sinterterrassen von Pamukkale nie vergessen werde, während Milan, zu Osman und Arif gewandt, meinte, bei ihm sei in diesem Jahr alles verhunzt, aber morgen werde er sich auf jeden Fall in aller Frühe auf den Weg an die kroatische Küste machen, komme, was da wolle, egal, wie es da unten aussehe, trat Kollbrand plötzlich aus den Büschen und baute sich vor ihnen auf.

»Na - was für ein Schlemmerleben!« meinte er mit einem Blick auf das Durcheinander von Essensresten und leeren Weinflaschen.

»He, Kollbrand, willste ’nen Schluck?« rief Camillo, füllte einen Becher mit Rotwein, stand auf und hielt ihm den Becher hin.

Kollbrand zögerte einen Augenblick und hob abwehrend die Hände. »Um Gottes willen«, sagte er, »Alkohol im Dienst?«

»Hab’ dich nicht so«, sagte Heiner, »wir haben eh bald Feierabend, und dann kommt der Urlaub.«

Kollbrand ging in die Hocke, Camillo und Yusuf rückten zur Seite, und ächzend ließ er sich zwischen den beiden nieder. Fast hätte er den Wein verschüttet, als Camillo ihm den Becher reichte. »Na, denn zum Wohl«, rief er und prostete in die Runde. »Alice, was guckste denn so verkniffen? Komm, trink auch ’nen Schluck!«

Im Schneidersitz saß Alice Kollbrand genau gegenüber, nippte an ihrem reichlich mit Wasser verdünnten Wein und hatte ein mulmiges Gefühl in der Magengegend, als sie diesen unberechenbaren Mann so dicht vor sich sah.

Am liebsten wäre sie weggegangen, aber das hätte zu endlosen Fragen der anderen geführt. Außerdem hätte sie sich von allen verabschieden müssen, da man sich wochenlang nicht sehen würde. Damit würde sie nur zur allgemeinen Aufbruchsstimmung beitragen. Und so begnügte sie sich mit einer belanglosen Antwort. Die Gespräche gingen weiter, als würde sich niemand durch Kollbrand gestört fühlen. Camillo forderte alle miteinander immer wieder auf, keinen Tropfen Wein in den Flaschen zu lassen und goss ständig nach.

Yusuf legte großen Wert darauf, dass keines der gerollten Weinblätter übrig bliebe, da er sonst, rief er, seiner Frau nicht mehr unter die Augen treten dürfe; Arif achtete darauf, dass alle mit Pide versorgt waren, und bald fiel keinem in der Runde mehr

Kollbrands Anwesenheit auf. Kollbrand griff zu wie alle anderen und bedankte sich mit vollem Mund bei Hüseyin, als der ihm Oliven reichte.

Man unterhielt sich, plauderte, erzählte Witze, und einige riefen sich ihre Urlaubsziele über die Köpfe der anderen hinweg zu. Meist aber waren es Gespräche zu zweit oder zu dritt, wobei Camillo und Yusuf darauf achteten, dass Kollbrand sich nicht ausgeschlossen fühlte. Dann aber gab es einen Moment, in dem Camillo sich nach rechts zu Massimo wandte und mit ihm Italienisch redete; zur gleichen Zeit war Yusuf in eine türkische Unterhaltung mit Hüseyin zu seiner Linken vertieft. Alice beugte sich über ihren Pappteller und fummelte umständlich mit Plastikmesser und -gabel an einem Weinblattröllchen herum, um zu vermeiden, dass Kollbrand sie noch einmal ansprach. Dabei hörte sie, wie Heiner und Milan, ohne ihre Stimmen zu senken, ausführlich Camillos Cannabisfund besprachen.

»Wo haben die das bloß verbuddelt?« fragte Heiner Milan.

Da hob Alice den Kopf. »Sag mal«, rief sie Heiner zu: »zum wievielten Mal fliegst du jetzt eigentlich nach Mallorca?«

Zwei Tage später herrschte immer noch Gewitterstimmung; nachts blitzte und donnerte es, tagsüber aber schien die Sonne, und es war warm.

Am Montagmorgen hatte Kollbrand in der Frühstückspause nichts Eiligeres zu tun, als beim bulligen Müller vorbeizugehen. Ob Kollbrand am Wochenende mit einer Bierflasche in der Hand vor dem Fernseher saß, ob er *Bild am Sonntag* durchblätterte oder in seinem Kleingarten am Ginnheimer Spargel Erdbeeren erntete, das Picknick der Kollegen ging ihm nicht aus dem Kopf. Kollbrand war geschieden und lebte allein. Immer wieder dachte er über die Vorgänge am Freitag nach. Mit Yusuf hatte er sowieso noch ein Hähnchen zu rupfen, war doch der Türke durch irgendwelche unsauberen Tricks, wie er vermutete, vor ein paar Monaten auf die lukrative Stelle versetzt worden, die eigentlich ihm zustand.

Kollbrand hatte sich bei Müller beschwert und war dann zum Leiter der Personalstelle gegangen, der ihn an die Verwaltungsleiterin verwies. Er hätte selbst den Weg zum Amtsleiter nicht gescheut, wenn man ihm nicht entgegengekommen wäre und eine Beförderung zugesagt hätte.

Jetzt war er endlich auch Vorarbeiter, aber es wurmte ihn, dass Yusuf den begehrten Posten vor ihm ergattert hatte. In Gedanken ging er immer wieder die Leute durch, die sich drei Tage Sonderurlaub erschlichen hatten, angeblich für Aufräumungsarbeiten rund um das Ehrenmal. In Wirklichkeit hatten die sich einen feinen Lenz gemacht.

Das musste er Müller unbedingt melden. Literweise hatten sie sich mit Wein voll laufen lassen. Alkohol im Dienst war strikt verboten. Endlich konnte er diesen verdammten Ausländern eins auswischen. Camillo und Yusuf waren ihm sowieso ein Dorn im Auge. Den Personalrat hatten die beiden auf ihrer Seite, und bei den letzten Wahlen hatte Kollbrand es mit Meier und Pasewang gerade noch verhindern könen, dass Yusuf Sitz und Stimme in diesem vermaledeiten Revoluzzerkomitee bekam. Was er da von dem Gespräch zwischen Heiner und Milan aufgeschnappt hatte, das war ja noch viel besser. Von Cannabis war die Rede. Das hatte er deutlich verstanden, sich aber nichts anmerken lassen.

Die pflanzten da irgendwo Haschisch an, auf städtischem Gelände. Das würde ihnen den Hals brechen. Müller würde Augen machen, wenn er ihm davon berichtete. Und Alice, die dumme Kuh, die den Jungs dauernd schön tat, musste mit ihre dämlichen Zwischenfrage vermasseln, dass er Genaueres erfuhr. Die würde er sich bei Gelegenheit vorknöpfen. Vielleicht kriegte er sie ja dazu, dass sie was ausplauderte.

Während Kollbrand nun in Müllers Büro saß, drehte er seine Basketballmütze verlegen zwischen den Fingern, richtete seine Augen auf die Schuhspitzen und blickte seinem Vorgesetzten nicht ein einziges Mal ins Gesicht. Müller hatte einen Notizblock vor sich, stützte die Ellenbogen auf die Schreibtischplatte und spielte mit seinem Kugelschreiber. Neben sich hatte er einen Steingutbecher, auf dem ein strahlendes Strichmännchen mit einer Sprechblase abgebildet war. »Ei, guude« war darauf zu lesen, und der heiße Kaffee darin dampfte.

Ab und zu trank Müller einen Schluck, ohne Kollbrand einen Becher anzubieten. Die Kaffeekanne der Maschine auf dem Fensterbrett war noch halb gefüllt. Müller hatte hohen Blutdruck, und der morgendliche Kaffee, gepaart mit der überraschenden Vorsprache Kollbrands, ließ ihm das Blut zu Kopfe steigen, so dass sein bulliges rotes Gesicht noch fülliger wirkte als sonst.

Ausführlich berichtete Kollbrand von dem Picknick am vergangenen Freitag, zählte, ohne ins Stocken zu geraten, die Namen aller auf, die sich zwei Stunden vor Feierabend am Rotwein gütlich getan hatten, und murmelte etwas von Grabschändung. Müller stand kurz auf, schloss die Tür, nahm dann wieder Platz und machte sich Notizen.

»Wein haben die getrunken?« fragte er. »Sind Sie sicher?«

»Flaschenweise«, meinte Kollbrand. »Und dann war da noch die Rede von Haschisch.«

»Wollen Sie damit sagen, unsere Leute haben Haschisch geraucht?« Ungläubig schaute Müller ihn an.

»Nee«, Kollbrand lächelte und ließ die Mütze schneller durch seine Finger gleiten. »Das waren bloß Zigaretten. Aber die haben wohl solche Pflanzen gefunden.«

»Alkohol im Dienst. Das ist schon Grund genug für eine Abmahnung«, meinte Müller und ging noch einmal die Namen durch, die Kollbrand ihm genannt hatte. »Und jetzt auch noch Haschisch. Wo soll das angepflanzt sein?«

»Wenn ich das wüsste«, Kollbrand seufzte.

»Versuchen Sie doch mal, das rauszukriegen! Hören Sie sich noch ein bisschen um, und kommen Sie dann wieder zu mir. Erst wenn wir mehr wissen, können wir Maßnahmen ergreifen.«

Müller stand auf, kam hinter dem Schreibtisch hervor und reichte Kollbrand förmlich die Hand.

»Vielen Dank, Herr Kollbrand. Mit diesen Informationen haben Sie uns einen großen Dienst erwiesen.«

Als Kollbrand das Büro verlassen hatte, lehnte sich Müller zurück, griff zu der Kanne auf dem Fensterbrett und goss sich Kaffee nach. Was für tolle Nachrichten! Yusuf und Camillo waren ihm seit langem ein Ärgernis. Dieser Kollbrand kam ihm wie gerufen. Aufwiegler waren diese Ausländer, denen man das Handwerk legen musste. War da nicht auch noch was mit unerlaubten Nebentätigkeiten? Die Verwaltungsleiterin würde strahlen, wenn er ihr diese phantastischen Neuigkeiten überbrachte. Alkohol im Dienst, zwei Stunden vor Feierabend, das reichte schon, und dann auch noch der Knüller mit den Drogen. Müller überlegte, wen er los schicken könnte, um den Friedhof nach den verbotenen Pflanzen abzusuchen.

Wem konnte er vertrauen? Gemach, sagte er sich, immer mit der Ruhe. Er trank noch einen Schluck Kaffee und wischte sich mit der Hand über den Mund. Zeit hatten sie genug. Der Sommer war noch lang, und die Verdächtigen waren fast alle im Urlaub. Die würden Augen machen, wenn sie zurückkämen! Man durfte nichts überstürzen. Langsam und vorsichtig müsste man zu Werke gehen, damit niemandem etwas auffiel. Erst musste man die Beweismittel in der Hand haben, und dann würde gnadenlos durchgegriffen. Müller rieb sich die Hände.

In den Sommermonaten wurde genauso viel gestorben wie zu anderen Jahreszeiten; vier bis sechs Bestattungen am Tag waren die Regel, und daher war es erstaunlich, dass die Organisation funktionierte, obwohl knapp die Hälfte der Arbeiter und Angestellten in Urlaub war. Alice schätzte die Juli- und Augustwochen. Während Kollbrand bei Müller war und ausplauderte, was er beim Picknick am letzten Freitag aufgeschnappt hatte, war Alice im Gewann II beschäftigt, in der Nähe der Trauerhalle, dort, wo ständig ein reges Kommen und Gehen von Spaziergängern und Trauernden herrschte. Sie schaute noch einmal kurz auf den Zettel, den ihr der Meister letzte Woche gegeben hatte, bevor er sich für vier Wochen verabschiedete: II / 204, stand darauf, II GG 15, 17 a, 21, 23, 24 und weitere Ziffern und Buchstaben, Alice' Aufgaben für die nächste Zeit.

Sie steckte den Zettel in ihre Schürzentasche und zog die Schubkarre mit Rechen, Harke, Spachtel und den anderen Gartengeräten hinter sich her. Dabei rotierte es in ihrem Kopf. Wer lag nur in Gewann II / 204? Sollte ihr Gedächtnis nachgelassen haben? Das musste irgendeine berühmte Persönlichkeit sein.

Strahlend blau war der Himmel. Bis auf ein paar kleine, weiße Wolken hatte sich alles, was auf Gewitter oder Regen hindeutete, verzogen. Schwalben schwirrten hoch über den Platanen durch die Luft, und voller Vergnügen über diesen behaglich warmen Sommertag schaute Alice zu den weißen Kondensstreifen der Flugzeuge empor. Gemächlich schob sie die Karre am Rasenrondell vor der Trauerhalle entlang.

Ein paar alte Damen, die in diesen Vormittagsstunden schon mit Plastiktüten voller Rosen, Vergissmeinnicht und Margeriten in der einen, Gießkannen in der anderen Hand, unterwegs waren, grüßten sie mit der Andeutung eines Lächelns. Alice wünschte ihnen einen guten Morgen und war froh, wenn sie einem Gespräch ausweichen konnte. Vor ein paar Jahren, als sie mit ihrer Arbeit auf dem Friedhof anfing, hatten ihr die alten, einsamen Frauen mit den erloschenen Augen und den tieftraurigen Zügen, die ständig über Haupt- und Seitenwege geisterten Leid getan. Viele Kollegen machten einen großen Bogen um diese Frauen, die mehrmals in der Woche kamen und vor denen man an keiner Grabstätte, an keinem Brunnen und noch nicht einmal auf den schattigen Lichtungen in den alten Gewannen sicher war.

Damals ließ sie sich noch auf Plaudereien mit ihnen ein. Sie wollte ihnen zeigen, dass man sie auf dem Friedhof in ihrem Schmerz nicht allein ließ. Sie verstand nicht, warum Camillo sie warnte: »Wenn du anfängst, mit denen zu reden, handelst du dir nur Ärger ein«. Mit wem, das sagte er nicht. Alice vermutete, es würde von den Meistern nicht gern gesehen, weil die Arbeit liegen blieb. Camillo aber meinte etwas anderes, und Alice fand bald heraus, was es war. Eines Tages ließ sie sich auf eine Unterhaltung mit einer zierlichen alten Dame ein. Im eng anliegenden schwarzen Kostüm und mit Silberlöckchen, die ins Violette spielten, kam sie dahergetrippelt, als Alice am Brunnen im Gewann E beschäftigt war.

Die alte Dame fragte sie, ob amtlicherseits etwas dagegen einzuwenden sei, wenn sie Bambus auf das Grab ihres Mannes pflanze. Neulich habe sie eine Sendung im Kulturprogramm von hr3 über dieses hochinteressante fernöstliche Gewächs gesehen, das den Winter grün und unbeschadet überdauert.

Höflich antwortete Alice, dagegen sei gewiss nichts einzuwenden, merkte aber bald, dass das Stichwort *Bambus* nur ein Vorwand war. Es folgte eine Kaskade von Worten, aus denen Alice heraushörte, dass ihr Mann erst vor kurzem gestorben sei. Tröstend wollte Alice auf die zierliche alte Dame eingehen, aber die Trauernde redete ohne Punkt und Komma und kam dabei immer wieder auf den letzten Krieg zu sprechen. Anfangs war Alice ganz begeistert, stand sie hier doch einer Zeitzeugin gegenüber, die nicht, wie ihre Mutter, ihre Erinnerungen verloren hatte. Da die alte Frau sich aber nicht unterbrechen ließ und allmählich in wildes Assoziieren abschwirrte, verspürte Alice bald den Wunsch, sie wieder loszuwerden.

Solange von Bombennächten und Luftschutzkellern die Rede war, konnte Alice noch folgen und zeigte Mitgefühl, als die Frau aber auf Verlust, Enteignung und Königsberg zu sprechen kam, von weitläufigen Gütern erzählte, von dummen Bauern und hochgebildeten Junkern in prächtigen Herrenhäusern, suchte Alice nach Fluchtmöglichkeiten. Schließlich fand sie einen Vorwand, um die alte Frau zu bremsen, meinte noch, dass Bambus sich gewiss vortrefflich auf dem Grab ihres Verstorbenen ausmache und hatte es eilig, ins nächste Gewann zu kommen. Die Wirrnis in den Köpfen der Alten war es, vor der Camillo sie gewarnt hatte.

Heute begegneten ihr auf dem Weg zu Grab II / 204 noch mehrere alte Frauen, aber sie ging jedem Gespräch sorgsam aus dem Weg. Auf einer der Bänke gegenüber der Trauerhalle saß wie immer ein alter Mann, ein Dauergast, an den man sich gewöhnt hatte. Er kam täglich und blieb den Vormittag über, ohne irgendetwas anderes zu tun, als vor sich hinzustarren. Er trank nicht, er rauchte nicht, gegen elf Uhr packte er ein Butterbrot aus, biss hinein und war zur Mittagszeit wieder verschwunden. Wenn es regnete, spannte er seinen Schirm auf. Auch ihm nickte Alice zu, und er nickte versonnen zurück. Als Alice ihre Schubkarre vor dem ersten Grab, um das sie sich heute kümmern sollte, abstellte, war ihr endlich klar, wer hier lag. Natürlich, wie konnte sie nur Ricarda Huch vergessen.

Was hatte Ricarda Huch nur mit Frankfurt zu tun? Wie kam es, dass sie hier gestorben war? Immerhin erinnerte Alice sich, dass sie irgendwann einmal gelesen hatte, die Schriftstellerin sei, statt auszuwandern, im Dritten Reich in die innere Emigration gegangen und 1933 aus der Preußischen Akademie der Künste ausgetreten. Ricarda Huch war zu keinem Kompromiss mit dem nationalsozialistischen Regime bereit, hieß es, und flüchtete in ihren Romanen in untergegangene Zeiten, ganz im Sinne der romantischen Ideenwelt, die sie der Moderne entgegensetzte. Ricarda Huchs Symbolismus war Alices Sache nicht, aber nun befreite sie gern den Efeu auf ihrem Grab von Knöterich und Flöhkraut, nestelte an der Ackerwinde, die sich im Efeu verhakelt hatte und dachte wieder einmal über Altern, Tod und Vergänglichkeit nach.

Wieder und wieder ging Kollbrand in Gedanken die fünfzehn Leute durch, die in den letzten beiden Wochen Aufräumungsarbeiten rund um das Ehrenmal geleistet hatten, Abdul, Camillo, Yusuf und die anderen, und er musste feststellen, dass sie alle im Urlaub waren, bis auf Alice. Zurzeit war sie die Einzige, von der er etwas erfahren könnte. Aber er wollte sie nicht gleich am Montag, nach seinem Gespräch mit Müller, überfallen. Am Dienstag sah er sich morgens die Einsatzpläne im Flur vor den Büros an und merkte nach einem kurzen Blick auf die große schwarze Tafel mit den bunten Stecknadeln, dass der Plan nicht auf dem letzten Stand war.

Wie immer standen die Türen zu den Büros offen, und Müller nickte ihm von seinem Schreibtisch aus zu. Geschlossen waren nur die Räume der Kollegen, die ausgeflogen waren und sich auf Mallorca oder den Kanarischen Inseln sonnten. In den anderen Zimmern saßen jene, die im Hochsommer im Dienst waren, und plauderten.

»Hier stimmt ja mal wieder gar nichts!«, Als ein Lehrling mit einem Aktenordner unter dem Arm über den Flur schlenderte, schnauzte Kollbrand ihn an: »Wer ist denn für den Wochenplan zuständig?«

Der Lehrling schaute ihn verblüfft an, stotterte, dass er erst seit gestern im Amt sei und keine Ahnung habe. Er wollte sich an Kollbrand vorbeidrängen, der aber schnarrte ihn an:

»Erst seit gestern?«

Während der Lehrling noch umständlich erläuterte, es sei Teil des Ausbildungsprogramms, dass man durch alle städtischen Ämter geschleust werde, ging Kollbrand schon weiter und schaute in eine der offenen Bürotüren.

»Hört mal«, rief er den jungen Frauen zu, die einander von ihren Erlebnissen bei der letzten Technoparty erzählten. »Hört mal, wer ist denn für die Einsatzpläne zuständig?«

»Keine Ahnung«, erwiderten die jungen Frauen wie aus einem Mund und zogen an ihren Zigaretten.

»Verdammt noch mal«, entfuhr es Kollbrand, „wisst ihr wenigstens, wo Alice ist?«

»Alice?« Die jungen Frauen sahen einander an. »Ich glaube, die ist heute in K«, antwortete eine dann. »Sicher bin ich aber nicht«, rief sie Kollbrand hinterher, der schon wieder verschwunden war.

Er schwang sich auf seinen Wagen, der mit laufendem Motor vor der Trauerhalle stand, und ratterte los. Eigentlich hätte er Schritt fahren müssen, aber die Nadel des Tachometers schwankte zwischen vierzig und fünfzig, als er an der Mauer zwischen den alten und neuen Abschnitten entlangfuhr. Im Gewann K fuhr er sämtliche Haupt- und Nebenwege ab, konnte Alice aber nirgendwo entdecken. Schließlich stellte er den Wagen an einem der Brunnen ab und machte sich zu Fuß auf die Suche. Dieser Teil des Friedhofs war relativ spät angelegt worden, wies eine klare, eindeutige Anordnung der Gräberreihen auf und hatte nichts von dem Verspielten, Romantischen der älteren Gewanne an sich. Systematisch ging Kollbrand die Reihen ab und erspähte Alice schließlich von weitem. Er musste sie vorhin übersehen haben.

Eifrig wie immer jätete und harkte sie und war so in ihre Arbeit versunken, dass sie gar nicht wahrnahm, dass sich ihr jemand näherte. Spaziergänger verirrten sich kaum hierher; der Baulärm und das nervenzerfetzende Gekreisch der Säge- und Bohrmaschinen von der Friedberger Landstraße her taten ein Übriges, um Besucher abzuschrecken. Die meisten Grabstätten waren in Dauerpflege, und das hieß, dass auch die alten Frauen hier fehlten. Selten kam jemand, um sich K 119, Adornos Grab, anzusehen. Vermutlich hielten Adornos Verehrer nichts vom Totenkult und lasen lieber seine Texte.

»Hallo, Alice«, rief Kollbrand, und Alice zuckte zusammen. In den Urlaubswochen vertrat Kollbrand den Meister, dem sie sonst unterstellt war. »Na, haste ein schlechtes Gewissen?« witzelte er.

Kollbrand war einer, den Alice am liebsten siezen würde, aber ihr blieb nichts anderes übrig, als sich an das allgemeine Duzen zu halten. Ein Widerling war dieser Kollbrand, und sie traute ihm nicht über den Weg. Seit seinen nationalistischen Parolen bei der Personalversammlung war er ihr umso verhasster. Wenn er sie hier draußen aufstöberte, führte er etwas im Schilde, und sie musste mit jeder Äußerung vorsichtig sein, zumal da sie ihm allein gegenüberstand.

»Immer, vor allem«, sie versuchte, so ungezwungen wie möglich, auf seinen Ton einzugehen: »wenn ich dich am helllichten Vormittag sehe.«

»Na, dann wollen wir mal gucken, was du alles falsch machst«, sagte Kollbrand, warf einen Blick auf die Gräber und Wege, wo Alice werkelte und meinte dann, fast wieder ernsthaft: »Mensch, Alice, tadellos – wie immer. Wenn alle so gewissenhaft wären wie du ...« Dann fügte er mit einem albernen Lachen hinzu: »Aber am Freitag haste auch ganz schön gebechert, was?«

Ein halbes Glas Wein hatte Alice getrunken, mit Wasser verdünnt. Sie ärgerte sich, wollte sich aber nicht provozieren lassen.

»Du hast aber auch ganz schön zugelangt, oder?«

Kollbrand grinste.

»Na ja«, antwortete er, »ich wollte mich nicht nötigen lassen.« Jetzt fehlte nur noch, dass er anfing, über das Wetter zu reden.

Alice ahnte, dass er nicht zufällig ins Gewann K gekommen sei. Prompt fing er an, über die Hitze zu klagen und darüber, was für Unmengen Wasser sie in diesem Sommer schon verbraucht hätten. Dabei gab es fast jede zweite Nacht Gewitter mit ergiebigem Regen. Alice ging wieder in die Hocke und jätete Unkraut.

Kollbrand blieb stehen und sprach ununterbrochen. Es reichte, wenn Alice ab und zu »Hm« murmelte oder »Aha« meinte. Er redete weiter, kam vom Wetter auf den Fußball, der Alice so wenig interessierte, dass sie noch nicht einmal die Regeln kannte.

»Sag mal«, meinte er plötzlich, »hab' ich das richtig gehört, ihr habt Cannabis gefunden?«

Alice beugte sich tiefer über das Grab und überlegte fieberhaft, was sie antworten sollte. Verzweifelt suchte sie nach einer Ausrede und schaute schließlich auf.

»Nein.«

Tagelang suchte Kollbrand das Gelände rings um das Ehrenmal nach den Cannabispflanzen ab. Sein Vorwand war, die Aufräumungsarbeiten der fünfzehn Freiwilligen ließen zu wünschen übrig, und man müsse noch sehr viel mehr tun, bis die Gräber der Toten aus den beiden Weltkriegen wieder vorzeigbar wären.

Mehrmals war er von Kollegen auf seine Äußerungen bei der Personalversammlung angesprochen worden. hatte nur mit den Achseln gezuckt und gemeint, da habe er wohl einen schlechten Tag gehabt, das sei ein Ausrutscher gewesen. Was er nicht sagte, war, dass der bullige Müller ihn gleich am nächsten Tag zu sich gerufen und ihm die Leviten gelesen hatte. Auch Müllers Sympathien galten den Republikanern, einer Partei, die der NPD nahe stand. »Sie haben ja Recht, Kollbrand«, hatte Müller gesagt, »aber Dienst ist Dienst und Schnaps ist Schnaps. Behalten Sie unsere Meinung künftig für sich!«

Nicht nur während der Dienstzeit schweifte Kollbrand im Gewann VII umher, und nicht nur dort. E 157 untersuchte er genauer, die Stätte, wo über fünfhundert polnische Häftlinge aus den Konzentrationslagern begraben lagen. Er erforschte Gewann X, die Gräber der polnischen Gefallenen aus dem II. Weltkrieg – und bummelte ab und zu auch über den Jüdischen Friedhof an der Rat-Beil-Straße.

Bis weit nach Feierabend war er unterwegs, mit der ausdrücklichen Genehmigung Müllers, der ihm zusagte, sich beim Leiter der Personalstelle dafür zu verwenden, dass man Kollbrand Überstunden über das übliche Maß hinaus bezahlte. Einen zweiten Versuch, etwas von Alice zu erfahren, hatte er aufgegeben, als Alice ihm deutlicher noch als beim ersten Mal zu verstehen gab, dass sie keine Ahnung habe.

Schließlich durchkämmte er von dem aufwändig gestalteten Grabmal Kotzenbergs aus Gewann VI, ging dann sämtliche Reihen der Kriegstoten und der Opfer des Nationalsozialismus in VII ab und schaute sich alle Einfriedungen, Hecken und Büsche genauestens an. Danach nahm er sich mehrere Tage den angrenzenden Abschnitt K vor, betrachtete gründlich jeden Weg und jede Grabbepflanzung, wand sich noch einmal durch die Sträucher an der Mauer zum Alten Jüdischen Friedhof und wollte seine Suche Mitte August schon abbrechen, als er an der Ostseite, auf der Grenzlinie zum Gewann L, fündig wurde!

Triumphierend berichtete er Müller davon, und schon am nächsten Tag zogen sie dorthin, Hanselt, den smarten Leiter der Personalstelle, im Schlepptau. Müller rieb sich die Hände, als Kollbrand den beiden voller Stolz seinen Fund zeigte. Vier Reihen von Cannabis-Stauden standen dort in der Mittagssonne, vier Reihen mit je etwa zehn Pflanzen, hoch aufragend, durch den nächtlichen Regen prächtig gediehen, am Verbindungsweg zwischen biederen Familiengräbern, in unmittelbarer Nähe von Adornos Grab.

»Sind Sie sicher, dass es sich um Haschisch handelt?« Hanselt hatte die Hände in den Hosentaschen und schaute mit einem spitzbübischen Lächeln auf die grüne Pracht.

»Jeder Gärtner wird Ihnen das bestätigen«, antwortete Müller.

»Und was passiert nun?« fragte Kollbrand erwartungsvoll.

»Lassen Sie das nur unsere Sorge sein, Herr Kollbrand«, antwortete Hanselt. »Erst einmal warten wir ab, bis die Verwaltungsleiterin aus dem Urlaub zurück ist, und dann werden wir uns zusammensetzen. Da gibt es vieles abzuwägen ... Bis dahin bewahren Sie bitte Stillschweigen, Herr Kollbrand, allen, ich betone, auf jeden Fall allen Kollegen gegenüber.«

Kollbrand nickte.

»Das ist doch selbstverständlich, Herr Hanselt«, sagte er mit der Andeutung einer Verbeugung.

Müller tätschelte Kollbrand, der zwei Kopf größer war als er, den Arm.

»Auf jeden Fall haben Sie ganze Arbeit geleistet, Herr Kollbrand. Kommen Sie doch noch mal mit ins Büro und nennen Sie Herrn Hanselt die fünfzehn Leute, die Sie beim Picknick überrascht haben«, und zu Hanselt gewandt, fuhr Müller fort: »Grabschändung, Sie verstehen.«

In den letzten Ferienwochen fing Alice an, ihre Kollegen zu vermissen. Manche hatten versprochen, ihr Karten zu schreiben. Nur Abdul sagte von vornherein, er schreibe nicht. Anfang August fand sie eine Karte von Yusuf vor, aus Pamukkale, mit Grüßen von seiner Familie. Camillo versprach ihr zwar jedes Mal die schönste Ansichtskarte, die er auftreiben könnte, und schwor ihr bei seiner Rückkehr im vorigen Jahr beim Haupte der Madonna und bei allen

Heiligen, er habe die Karte in Syrakus eigenhändig frankiert und in den Briefkasten geworfen, aber angekommen war sie noch nie. Sie schoben es dann alle miteinander auf einen Streik der Post und lachten.

Zu den anderen Leuten, die, wie Alice, in den Juli- und Augustwochen arbeiteten, hatte sie wenig Kontakt und zog es vor, auch in der Mittagspause allein zu bleiben, obwohl es sie gerade in den letzten Tagen gereizt hätte, mit jemandem über die neuesten Ereignisse in Frankfurt zu reden. Sensationell war der Kunstraub in der Schirn, aber viel spektakulärer noch der Mord an den Prostituierten im Kettenhofweg, nur ein paar Straßen von Alices Dachwohnung entfernt.

So setzte sie sich mittags auf eine Bank im Gewann B, auf eine Lichtung unweit der roten Backsteinkapelle, einem Relikt aus dem 19. Jahrhundert, und schaute den Eichhörnchen zu, die die Baumstämme hinauf- und hinabkletterten, durch das Grün der Zweige turnten oder, den buschigen, rotbraunen Schwanz hoch aufgerichtet, auf allen Vieren durchs Gras liefen und sich ihr zutraulich näherten. Wenn sie dann in ihr Brot biss und sich Tee aus der Thermoskanne einschenkte, sich nach dieser kargen Mahlzeit dann doch wieder eine Zigarette gönnte, fühlte sie sich verlassen und hätte sich gefreut, wenn sie die Kollegen, die längst Freunde geworden waren, in ihrer Nähe wüsste.

Mitte August war etwas geschehen, und seitdem rauchte Alice wieder.

Kollbrand blickte sie mit einem hämischen Lächeln von der Seite an, wenn sie ihn grüßte. Sein Lächeln war zwar sowieso schwer zu deuten, und selbst wenn er aus seiner reaktionären Haltung keinen Hehl machte, wollte sie ihm nicht grundsätzlich unlautere Absichten unterstellen, aber die Art und Weise, wie er in den letzten Tagen den Mund verzog, wenn er sie kommen sah, war fast unerträglich. Er schien etwas im Schilde zu führen. Müller, dem sie selten begegnete, da er in der Regel wie festgewachsen hinter seinem Schreibtisch saß, war morgens im Wirtschaftshof zu finden, wenn sie ihre Schubkarre holte, und selbst der große, schlanke Leiter der Personalstelle, Hanselt, machte neuerdings seine Runden über das Gelände, statt sich in sein Zimmer zurückzuziehen. Etwas stimmte nicht, irgendetwas hatte sich verändert. Alice spürte das, aber sie konnte es sich nicht erklären. Sie fühlte sich unwohl, wenn sie sich morgens um sieben im Gang vor den Büroräumen ins Anwesenheitsbuch eintrug. Ihr war, als würden die jungen Damen sich hinter den Bildschirmen ihrer Computer verschanzen, um sie bewusst zu übersehen. Alice hatte ein mulmiges Gefühl, wenn sie in der Mittagspause darüber nachdachte, versuchte, das mit einem Schluck Tee herunterzuspülen und zündete sich eine zweite Zigarette an. Als Lebende hatte sie sich auf den stillen Garten der Toten eingelassen, um ihr Überleben zu sichern.

Wenn es nun auch hier rumorte, wenn auch hier ein Netz von Kabalen und Ränken gesponnen wurde, war es Zeit zu gehen. Wenn Camillo und Yusuf, Abdul, Milan, all die anderen und natürlich auch sie selbst Müllers oder Hanselts Zielscheibe werden sollten, fühlte sie sich auf dem riesigen, grünen Gelände nicht mehr wohl.

ECKENHEIMER LANDSTRASSE
KNALLERBSEN

Ende September lag eine dichte Wolkendecke über Frankfurt, die sich tagelang nicht auflöste. Kein Blau schimmerte durch das eintönige Grau, kein Sonnenstrahl brach durch die Wolken, und missmutig blickten die Leute, die mit Regenschirmen unteren Arm durch die Stadt oder über den Friedhof liefen. Aber es regnete nicht. Ständig sah es so aus, als würde jeden Augenblick ein heftiger Guss niedergehen, aber nichts geschah. Der Wind wehte von Nordosten her und entblätterte Eichen und Buchen, Ulmen und Pappeln auf dem Friedhofsgelände. Während die Kronen der Buchen schon fast kahl waren und der Boden von Bucheckern übersät war, leuchtete das Laub der Pappeln noch grün zwischen den dunklen Nadeln von Kiefern und Tannen, verfärbte sich aber allmählich ins Rötlich-Gelbe. Nackt allerdings waren schon die Zweige der Birken. Die Kastanien lösten sich aus ihren stachligen Schalen und fielen in Massen auf Gräber und Wege.

Die alten Frauen waren zwar zu jeder Jahreszeit unterwegs und scheuten weder Wind noch Wetter, um die Gräber ihrer Verstorbenen zu pflegen, im Herbst aber schien es sie zu drängen, noch häufiger auf den Friedhof zu kommen als sonst. Wenn sie ihre Enkel mitbrachten, sammelten die Kinder vergnügt Kastanien, stopften sie ihren Großmüttern in Leinenbeutel und Plastiktüten, pflückten Knallerbsen und zerquetschten sie jauchzend unter den Füßen.

Camillo hielt seinen Pritschenwagen manchmal an, sah den Kindern bei ihren Spielen zu und rief den alten Frauen ein anerkennendes Wort über ihre Enkel zu, alle anderen kehrten weiter mürrisch Laub, Kastanien und Bucheckern zur Seite, stützten sich ab und zu auf den Besen und trauerten mit der Jahreszeit. Die Sommertage waren endgültig vorbei, und der Modergeruch, den die an Brunnen und Wegkreuzungen aufgeschichteten Blätterhaufen ausströmten, war nicht dazu angetan, die Stimmung zu heben.

Braungebrannt waren Camillo, Abdul und Yusuf Ende August aus dem Urlaub zurückgekehrt, erholt, voller Tatendrang und Energie. Camillo hatte mehr zu tun denn je. Er hatte beschlossen, die Eisdiele in Ober-Mörlen zu erweitern und zum Café auszubauen, so dass er das Lokal nicht, wie bisher, im Winter schließen musste. Das aber bedeutete umfangreiche Umbauarbeiten, und jetzt arbeitete er, wie er den Kollegen sagte, rund um die Uhr. Yusufs Auftragslage als Kleinunternehmer war besser denn je; zu den Gärten, die er rund um die Louisa bisher mit Hilfe von vier, fünf Kollegen gepflegt hatte, waren so viele weitere hinzugekommen, dass er seit ein paar Wochen auch mittwochs und samstags dorthin fuhr. Er sprach allen Ernstes von Personalschwierigkeiten, und nachdem es ihm gelungen war, Osman, Heiner und Milan anzuwerben, kam er wieder einmal auf Alice zu. Sie dankte ihm für das Angebot, lehnte jedoch ab.

Während Alice an der Grenze zwischen den alten und neuen Gewannen das Laub zusammenkehrte, ging ihr vieles durch den Kopf. Ihr fiel auf, dass man sie anders behandelte als sonst. Die Sachbearbeiterinnen zeigten ihr die kalte Schulter, und die hämischen Bemerkungen Kollbrands hatten einen drohenden Unterton.

Nachts aber träumte sie immer wieder von Bergen von Laub, aus denen unversehens der alerte Hanselt und der bullige Müller sprangen und ihr Vergehen gegen die Dienstordnung vorwarfen. Schweißgebadet schreckte sie auf und brauchte Stunden, bis sie wieder einschlief.

Mühsam war das Laubfegen und der Herbst bei allen Kollegen gefürchtet. Keine Jahreszeit war so unbeliebt. Selbst Alice, die versuchte, Gelassenheit und gute Laune auszustrahlen, verzagte. Aber die Blätter fielen, und kaum waren die Wege frei gekehrt, fielen die nächsten. Jedes Jahr, wenn der Herbst nahte, verzweifelten sie alle, und dennoch meldete sich keiner krank. Waren diese Arbeiten bei Wind und Wetter ihnen allen, Camillo, Abdul und Yusuf, Milan, Heiner, Osman und den anderen auch noch so unangenehm, sie schickten sich doch ins Unvermeidliche. Wer krank war, war ans Haus gefesselt, an die Zweizimmerwohnung und den Fernsehapparat, und das war ihnen zu dumpf. Dann lieber Malochen und auf den nächsten Urlaub hoffen.

In diesem Herbst aber spürte nicht nur Alice das ablehnende, fast abschätzige Verhalten der Damen und Herren im Verwaltungsgebäude. Auch in der Zusammenarbeit mit den anderen Arbeitern und den Meistern hatte sich etwas verändert. Abdul war als erstem aufgefallen, dass sie sich anders benahmen als früher. Als er vor ein, zwei Wochen seine Geräte morgens auf dem Wirtschaftshof holte, standen Kollbrand, Meier und Pasewang zusammen, gestikulierten wie wild und brüllten Parolen, von denen Abdul nur ein paar verstand. Später erzählte er Camillo, Yusuf und Alice, es habe geklungen wie »Hart durchgreifen!« und »Dem ausländischen Gesindel den Geldhahn abdrehen!« Als sie ihn bemerkten, verstummten sie und stiegen grußlos auf ihre Pritschenwagen.

Alice stopfte das Laub in einen der Säcke und grübelte darüber nach, warum man sie und ihre Kollegen derart herablassend behandelte. In der Nähe sammelte ein kleines Mädchen Kastanien, ein Kind von fünf, sechs Jahren. Alice schaute kurz auf, während sie den prallvollen Sack zuschnürte. Die Großmutter des Kindes werkelte an einem Grab weiter vorn und blickte sich ab und zu nach ihrer Enkelin um. Dann lief das Kind auf sie zu und fragte: »Erzählst du mir die Geschichte vom Struwwelpeter weiter, Omimi?« Die alte Frau richtete sich auf und sagte: »Ach, weißt du was, ich mache einfach mal Pause. Da drüben ist das Grab von Heinrich Hoffmann. Der hat dein Lieblingsbilderbuch geschrieben. Das wollte ich dir schon immer mal zeigen.«

Alice fegte weiter, und ihr ging durch den Kopf, dass ihre Befürchtungen berechtigt waren. So harmlos das Picknick an der Gedenkstätte der Gefallenen vor dem Sommerurlaub auch war, mit dem Cannabisfund war nicht zu spaßen. Sie hätten das der Verwaltung melden müssen. Abdul hatte Camillo und Yusuf gewarnt, und Alice erinnerte sich genau an Kollbrands Schnüffeleien. Angenommen, er hätte die Stelle zwischen Gewann K und L gefunden, dieses Stück Niemandsland, wohin Camillo und Yusuf die Stauden versetzt hatten. Angenommen, er wäre daraufhin so schnell wie möglich zum bulligen Müller gerannt – nicht auszudenken, was für Folgen das haben könnte. Warum aber sprach niemand sie direkt an?

»Also weißt du«, erzählte die alte Dame ihrem Enkelkind vor dem Grabmal Heinrich Hoffmanns, ohne sich von Alice' Fegen stören zu lassen, »das war ein bekannter Frankfurter Arzt, und als das Bilderbuch zu Weihnachten fertig war – vor einhundertfünfzig Jahren – da wusste niemand, wer der Verfasser war.«

»Stand sein Name nicht auf dem Buch?«, fragte das kleine Mädchen.

»Doch, doch«, erwiderte die Großmutter, »aber er hatte es heimlich geschrieben und nannte sich ›Reimerich Kinderlieb‹«.

»Und wo liegt Paulinchen? Gehen wir nachher auch noch an ihrem Grab vorbei?«, sagte das Kind.

»Auf dem Rückweg«, antwortete die Großmutter, fing an, die Geschichte von *Hans-Guck-in-die-Luft* zu zitieren und freute sich sichtlich, als das kleine Mädchen sie unterbrach und die Reime fortsetzte.

Alice stopfte Laub in den nächsten Jutesack und wäre am liebsten auf die alte Dame zugegangen, um ihr zu sagen, dass diese moralinsauren Verse des Begründers der Psychiatrischen Klinik vom Bild des dressierten Kindes ausgingen und der Entwicklung ihrer Enkelin nur schaden könnten. Den *Anti-Struwwelpeter* von 1970 hätte sie ihr gern entgegen gehalten, gezeichnet und geschrieben von einem lebenden Frankfurter, F. K. Waechter, aber sie schwieg.

In diesem Moment ratterte Camillo in seinem Wagen vorbei und steckte den Kopf aus dem Fenster.

»Um zwölf treffen wir uns bei Varnesi«, rief er Alice zu. »Du kommst doch?«

»Bei Varnesi?«, fragte Alice und überlegte, ob Camillo inzwischen eine neue Eisdiele in der Eckenheimer Landstraße aufgemacht habe. Zuzutrauen wäre es ihm.

»An den Gedenksteinen«, antwortete er, »F 538«, und fuhr weiter.

»Giulio Cesare Augusto Varnesi«, als Camillo den Namen des Bildhauers aussprach, während sie zu viert auf Steinbänken vor seinem Grabmal saßen, verflog das bedrückende Grau des Herbsttags einen Moment lang, und Alice war, als sähe sie Zypressen an einem Hang unter südlicher Sonne, spitz aufragende dunkelgrüne Kegel vor einem tiefblauen Himmel, eine leichte Brise wehte von Südwesten her, und zwischen den Bäumen leuchtete das Ziegelrot der Dächer und das gekalkte Weiß von Häuserwänden.

»Da seht ihr mal, was wir Italiener zur Verschönerung Frankfurts beigetragen haben«, rief Camillo, zeigte auf die Inschrift des Grabsteins, holte Brot, Salami und Tomaten aus seinem Henkelkorb und legte alles auf die Decke, die Alice auf dem Kiesweg ausgebreitet hatte.

»Greift zu!«, forderte Camillo die anderen auf. Bevor Abdul und Yusuf es sich schmecken ließen, packten sie Gurken, Oliven, Käse und noch mehr Brot aus und legten alles dazu. Alice steuerte Weintrauben bei.

»Mahlzeit«, sagte Yusuf, brach ein Stück vom Weißbrot ab und schnitt den Käse an. Bevor er anfing zu essen, meinte er zu Camillo: »Nun prahl mal nicht so rum! Was hat denn dein Herr Varnesi gemacht?«

»Lange gelebt hat er jedenfalls«, fiel Abdul ein. »Mit fünfundsiebzig ist er erst gestorben.«

Auch wenn der Grabstein schon etwas verwittert war, waren die Jahreszahlen 1866 bis 1941 doch deutlich zu lesen.

»Er war Bildhauer, und außerdem hat er Mosaiken geschaffen, schöner als in Pompeji ... «, wenn Camillo mit seinen Schwärmereien begann, war er kaum mehr zu bremsen.

»Und das Goldene Buch der Stadt«, ergänzte Alice.

»Siehste«, Camillo wandte sich an Yusuf. »Und was habt ihr Türken zu bieten?«

Yusuf kaute, schmunzelte, schluckte den Bissen herunter und räusperte sich.

»Weißt du, Camillo, zum Sterben gehen wir lieber woandershin. Aber, ihr werdet es kaum glauben, im Gewann G habe ich doch tatsächlich einen Frankfurter in den Diensten des Sultans gefunden, das muss vor dem Ersten Weltkrieg gewesen sein. Wenn ihr wollt, zeige ich euch das Grab.«

»Abgemacht«, sagte Camillo, »aber ihr wisst, dass wir erstmal was zu besprechen haben.«

Abdul wiegte sorgenvoll den Kopf.

»Da braut sich was zusammen, glaubt mir. Ich habe euch doch erzählt, was ich neulich von Kollbrand aufgeschnappt habe.«

»Aber die drei stänkern doch dauernd rum. Das kann uns egal sein«, gab Yusuf zu bedenken. Mit den anderen beiden meinte er Meier und Pasewang.

»Wie war das denn gestern, Camillo? Wurde in eurer Besprechung was angedeutet?«, fragte Alice und nahm sich eine Tomate.

Einmal im Monat hatten die Meister eine Sitzung mit der Verwaltungsleiterin und dem bulligen Müller.

»Deswegen war es mir ja so wichtig, dass ihr heute nicht irgendwo und irgendwann Mittag macht. Das ganze Gelände habe ich nach euch abgesucht«, Camillo trank einen Schluck Cola aus der Dose.

»Die Mühe hättest du dir sparen können. Du hättest doch nur im Büro nach den Einsatzplänen fragen müssen«, erwiderte Alice.

»Das wollte ich nicht«, Camillo wurde ernst, »denn allmählich muss ich Abdul Recht geben. In der Besprechung gestern hieß es, man habe Cannabispflanzen gefunden, die unrechtmäßig zwischen

Gewann K und L angepflanzt worden seien. Und wir wurden alle gefragt, ob wir etwas davon gewusst hätten.«

Yusuf verschluckte sich an einer Olive und lief rot an. Abdul klopfte ihm besorgt auf den Rücken.

»Spuck das Ding aus«, sagte Camillo, umfasste seine Schultern und schüttelte ihn. Yusuf krächzte und hustete und spie den Olivenkern endlich erleichtert aus.

Alice wurde blass.

»Und was hast du geantwortet?«, fragte sie Camillo voller Spannung.

»Nichts«, antwortete Camillo und griff zum nächsten Stück Brot.

»Und die anderen?«, fragte Yusuf, wischte sich den Mund ab, atmete tief durch und zog sein Zigarettenpäckchen aus der Tasche.

Abdul und Alice sahen einander schuldbewusst an. Abdul warf sich vor, dass er seine Freunde nicht eindringlicher gewarnt hatte. Das einzig Richtige wäre gewesen, den Fund zu melden. Davon hätte er sie überzeugen müssen. Wie halbwüchsige Rabauken hatten die beiden Familienväter, Camillo und Yusuf, einen Freudentanz aufgeführt. In der Julihitze hatten sie sich ans Werk gemacht und keinen Gedanken daran verschwendet, was für Konsequenzen es haben könnte, wenn sie ein paar harmlose Pflanzen, wie sie meinten, vor dem Ehrenmal ausgruben und anderswo hinsetzten.

»Die anderen?«, kauend schaute Camillo Yusuf an und zuckte die Achseln, »was hätten die schon sagen sollen?«

»Kollbrand?«, fragte Abdul.

»War nicht dabei«, antwortete Camillo. »Du weißt doch, als Vorarbeiter kommt er nur in Ausnahmefällen dazu. Naja, es gab ein betretenes Schweigen, man sah mich erwartungsvoll an, ich guckte die Verwaltungsleiterin so lange an, bis sie nervös wurde, und dann war die Sitzung zu Ende. Man hat uns aufgetragen, Augen und Ohren offenzuhalten.«

»Soll das etwa heißen, die fordern euch zu Spitzeldiensten auf?«, fragte Yusuf erregt.

»Das wäre nicht das erste Mal«, meinte Camillo.

Aber das war noch nicht alles. Nach und nach erfuhren sie von Camillo, dass auch der smarte Hanselt an der Sitzung teilgenommen und der Verwaltungsleiterin wie üblich sekundiert habe, wenn sie ins Stocken geriet. Gleich am Anfang der Sitzung habe es geheißen, der einzige Punkt der Tagesordnung sei das Picknick Mitte Juli. Der Verwaltung sei zu Ohren gekommen, bei dieser Gelegenheit hätten mehrere Arbeiter in unmittelbarer Nähe des Ehrenmals für die Gefallenen der beiden Weltkriege Alkohol konsumiert. Und zwar in Unmengen. Camillo sei nicht nur direkt angesprochen und gerügt worden, sondern man habe ihn auch aufgefordert, innerhalb der nächsten vierzehn Tage eine Liste mit den Namen aller, die dabei mitgemacht hätten, vorzulegen. Bitterböse habe der bullige Müller in die Runde geblickt und geknurrt: »Das war Grabschändung. Das wird geahndet.«

Eine Abmahnung sei das Mindeste, was auch Camillo als verantwortlicher Meister zu erwarten habe, erklärte die Verwaltungsleiterin, aber er werde noch mit einem blauen Auge davonkommen, wenn er Näheres über die Cannabispflanzen sagen könne.

»Wenn du uns alle verpfeifst«, rief Yusuf, »verdammte Scheiße!«

Alice fröstelte auf dem Weg vom Wirtschaftshof zum Alten Portal und knöpfte ihre Strickjacke unter dem Regencape zu. Es war kühl. Die dichte Wolkendecke über der Stadt hatte sich den ganzen Tag nicht aufgelöst, aber kein Tropfen Regen war gefallen. Als sie gegen vier Uhr die prall gefüllten Laubsäcke am Wegrand zwischen den alten und neuen Gewannen aufstellte, damit die Kollegen sie am nächsten Tag auf ihre Pritschenwagen luden, Besen und Schaufel auf ihre Schubkarre legte und zum Wirtschaftshof ging, um ihre Geräte dort unterzustellen, fiel ihr auf, dass seit dem Morgen kein Sonnenstrahl durch die Wolken gedrungen war. Das drückte aufs Gemüt. Viel belastender aber war, was sie in der Mittagspause von Camillo gehört hatte. Der Feierabend war ihr verdorben. Sie war ein paar Minuten später als die anderen zur Remise gekommen und traf keine Menschenseele mehr an. Wie gern hätte sie jetzt noch ein paar Worte mit Abdul und Yusuf ausgetauscht, aber die waren natürlich längst zur Louisa gefahren.

Auf dem Weg durch Gewann XIII wählte sie eine Abkürzung, die kaum jemand kannte, der nicht mit der Anordnung der Gräberreihen vertraut war. Hier lagen keine berühmten Toten, keine Namen waren auf den Grabsteinen verzeichnet, die sich ins Gedächtnis einprägten, und doch erzählte jedes Familiengrab eine Geschichte. Heute aber stand Alice nicht der Sinn danach, auch nur eine Inschrift zu lesen. Ruhe suchte sie im Schatten von Pappeln und Buchsbaumhecken. Sie musste wieder zu sich kommen, bevor sie sich mit ihrem Fahrrad ins Verkehrsgewühl stürzte. An der Kapelle angekommen, ging sie schnurstracks auf die Trauerhalle zu. Leer war es auf den Hauptwegen, und kein Pritschenwagen ratterte mehr ums Rasenrondell. An der Villa neben dem Neuen Portal bog sie links ein und begegnete auch dort keinen Besuchern mehr. So kurz vor Einbruch der Dunkelheit wagte sich niemand mehr auf das Gelände. Vor den Gräbern der Roma blieb Alice kurz stehen und fragte sich, wieso zu jeder Zeit Zigarettenkippen auf den Marmorumfassungen der Gräber lagen. Nie hatte sie jemanden dabei beobachtet, wie er eine halbgerauchte Zigarette dort ablegte. Alle Gärtner wussten davon, und Camillo hatte ihr einmal lachend erklärt, dass man halt auch im Himmel etwas zu rauchen haben sollte, so sei das nun mal mit den Zigeunern.

Dann blieb sie kurz an der Grabstätte der Familie Meister stehen und schmunzelte, als sie *Wilhelm Meister* las.

Einen wehmütigen Blick warf sie auf die Grabplatte, auf der *Arthur Schopenhauer* eingemeißelt war, fröstelte und beschloss, sich noch eine Weile Ruhe zu gönnen. Ihr Fahrrad stand wie immer am Alten Portal. Sobald es dunkel wurde, schloss der Pförtner das Tor ab und ging nach Hause. Sie würde durchs Drehkreuz kommen, aber das Rad müsste sie stehen lassen. Sollte sie es noch schnell vors Tor stellen? Sie entschied sich dagegen und bog links in den Hauptweg ein. Sie wollte zum Gewann K, um sich die seltsamen Gewächse anzuschauen, die Camillo und Yusuf im Juli dorthin verpflanzt hatten. Warum so ein Wirbel um ein bisschen Grünzeug? Sie wollte die Stauden studieren, um gewappnet zu sein, falls die Verwaltung sie mit Vorwürfen überfallen würde; schließlich musste sie in der Lage sein, sich und ihre Freunde zu verteidigen. Und das konnte sie nur, wenn sie wusste, worum es ging.

Nach ein paar Schritten stockte sie und schaute immer wieder nach links und rechts. Auch wenn ihr heute nicht der Sinn danach stand, wandte sie sich doch wieder einmal den Grabinschriften zu. Es gab so viel zu lesen. Alexander von Gleichen-Rußwurm war es diesmal, der sie anzog, der Urenkel Schillers. Am liebsten hätte Alice sich zurückgeträumt, in eine Vergangenheit, die ihre Lommi schon verklärt hatte, als sie vor über vierzig Jahren mit ihr über den Friedhof der Thüringer Kleinstadt ging und ihr nicht nur die Blumen erklärte, sondern auch zeigte, wer aus dem Umkreis des Meininger Hofs dort begraben lag. Und von Bauerbach hatte Lommi ihr erzählt, von Schillers Aufenthalt dort, als er Zuflucht vor der Willkür der Herrschenden suchte. Verklärt hatte wohl auch Herr von Gleichen-Rußwurm seine Herkunft, ein Epigone, wie er im Buche steht, sagte sich Alice in Erinnerung an ihr Studium und ging weiter.

Als sie an der Gedenkhalle, den Grüften der Familie von Bethmann, vorbeikam, steckte sie die Hände in die Taschen ihres dunkelblauen Regencapes. Durch die entblätterten Kronen der Pappeln und Buchen drang kaum mehr Licht in das dunkle Grün der Hecken, Sträucher und Gräber. Der Weg an der meterhohen Mauer zum Alten Jüdischen Friedhof entlang war ihr seit langem vertraut, und sie schreckte nicht auf, wenn es im Gebüsch raschelte oder ein Eichhörnchen über den Weg huschte.

Als sie am Grab der Malerin Bertha Bagge ins Gewann K einbog, legte sie einen Schritt zu; noch war es hell genug, um die Cannabisgewächse zu erkennen. Ihr blieb nicht mehr viel Zeit. Camillo hatte die Stelle beschrieben: Am Brunnen wendest du dich nach links, zählst ungefähr zehn Schritte ab, naja, du brauchst vielleicht fünfzehn, und dann findest du sie im Gestrüpp. Die sehen aus wie Tomatenstauden, hatte er hinzugefügt, und bitter gelacht.

Von der Friedberger Landstraße hörte sie das hektische Sirenengeheul der Ambulanzwagen auf dem Weg zum Unfallkrankenhaus. Als sie kurz vor dem Brunnen an der Grenze zwischen Gewann K und L angekommen war, hörte sie Stimmen. Sie blieb stehen und überlegte, wohin sie sich zurückziehen könnte. Ihr war, als hörte sie die Verwaltungsleiterin mit ihrer hohen Stimme sagen: »Sie sind also sicher, dass es sich um Rauschgift handelt?«

Ganz langsam ging Alice rückwärts, duckte sich und legte sich im Gebüsch flach auf den Boden. Das war nicht ihre überhitzte Phantasie, das waren nicht die Furien der Angst, die ihr etwas vorgaukelten. Deutlich hörte sie einen ihr unbekannten Mann antworten: »Wissen Sie, wir haben da unsere Erfahrungen, mein Kollege vom Drogendezernat und ich.«

»Das wird Konsequenzen haben«, Hanselt, einen Kopf größer als die übrigen, tauchte am Brunnen auf, neben ihm der bullige Müller, der meinte: »Jetzt haben wir den Beweis. Gleich morgen machen wir die Verbrecherbande fertig.«

Alice blieb regungslos liegen und sah die Verwaltungsleute mit den Kriminalbeamten wenige Schritte entfernt den Weg zum Alten Portal einschlagen. Erst eine halbe Stunde später rappelte sie sich auf und ging zitternd und fröstelnd zum Ausgang an der Friedberger Landstraße.

Das Rad ließ sie stehen, nahm die U 5 bis zur Konstabler Wache, stieg dort in die U 6 um und trottete von der U-Bahnstation Westend aus nach Hause. Wie erschlagen kam sie in der Friedrichstraße an, grüßte höflich ihren Hausbesitzer, Herrn Schlomichel, einen jugendlich wirkenden Mann von etwa fünfzig Jahren, dem sie auf der Treppe begegnete. Ihm fiel auf, dass sie blass und übermüdet war, er fragte sie jedoch nicht nach dem Grund. Stattdessen erzählte er ihr von der Bar-Mizwa seines Enkelkindes, die in den nächsten Tagen stattfinden würde. Als sei nichts geschehen, blieb Alice zwischen der zweiten und dritten Etage stehen und plauderte mit Herrn Schlomichel eine Viertelstunde über die umfangreichen Vorbereitungen, die seit Wochen im Gange waren, und über die vielen Geschenke, die der vierzehnjährige Daniel, der Schlingel, sich erhoffte. Herr Schlomichel strahlte, als er Alice berichtete, dass seine Mutter sich aufgerafft habe, nach sechzig Jahren zum ersten Mal wieder nach Frankfurt zu kommen. Sie lebte in Tel Aviv.

GRÜNANLAGEN
KASTANIE

Am nächsten Morgen war keine Wolke am Himmel zu sehen. In verschimmerndem Weiß leuchteten die Kondensstreifen der Flugzeuge, und die Sonne schien grell auf die Kuppel der Synagoge, als Alice die beiden Fenster ihrer Dachwohnung öffnete. Erschrocken rieb sie sich die Augen und sah auf die Uhr. Sonst stand sie in der Morgendämmerung auf. Sie konnte kaum fassen, dass sie verschlafen hatte. Es war schon halb acht. Seit sieben Uhr hätte sie auf dem Friedhof sein müssen. Und nun musste sie auch noch zu Fuß gehen. Sie duschte rasch, putzte sich die Zähne, zog sich an, fuhr sich mit der Drahtbürste durchs Haar und trank einen Kaffee im Stehen. Dann warf sie ihre Jacke über und raste in Windeseile die Treppen hinunter auf die Straße. Sie hatte eine miserable Nacht verbracht, war mehrmals aufgestanden und auf und ab gewandert, hatte sich dann wieder hingelegt und gegrübelt, was die Friedhofsverwaltung gegen sie und ihre Kollegen unternehmen würde.

Übermüdet war sie weit nach Mitternacht kurz weggedämmert, aber aufgeschreckt, wann immer ein Feuerwehrwagen mit Sirenengeheul durch die Friedrichstraße raste.

Sie überlegte, ob sie die U-Bahn nehmen sollte, entschloss sich dann jedoch, zu Fuß zu gehen. Sie hätte zwar ein Stück weit mit dem 36er Bus fahren können, aber das war ihr zu umständlich. Im Eilschritt lief sie durch die Wolfsgangstraße. Seit sie auf dem Friedhof arbeitete, hatte sie noch nie verschlafen. Von Bauzäunen und Litfasssäulen strahlten Politikerfotos sie an; die Bundestagswahl stand bevor. In vierzehn Tagen war es mal wieder soweit. Als Alice einen Blick auf die Plakate der Republikaner warf, die in einer solchen Höhe an den Laternenpfählen angebracht waren, dass niemand sie abreißen konnte, dachte sie an Kollbrand, der in den letzten Wochen Handzettel mit den übelsten Schmähungen gegen Ausländer verteilt hatte. Yusuf und Camillo waren schließlich zu Hanselt gegangen und hatten sich darüber beschwert. Hanselt schien mit Kollbrand gesprochen zu haben; die Schmähzettel verschwanden, dafür aber verstärkten Kollbrand, Meier und Pasewang ihre Sticheleien und warfen mit hämischen Bemerkungen nur so um sich.

Alice bog in den Oeder Weg ein und schaute von der Kastanienallee aus kurz auf das Holzhausenschlösschen, ein Lichtblick inmitten des morgendlichen Verkehrsgetöses. Schon als sie an der Kreuzung zwischen Eckenheimer Landstraße und Nibelungenallee vor der Apotheke an der Ampel stand, fiel ihr die Menschenansammlung vor dem Alten Portal des Friedhofs auf. Das konnte keine Beerdigung sein. Beisetzungsfeierlichkeiten gingen immer vom Neuen Portal aus, denn dort befand sich die Trauerhalle.

Nachdem sie die Straße überquert hatte und auf der Höhe der Imbissbude war, erkannte sie die Kollegen am Dunkelgrün ihrer Arbeitsanzüge. Camillo, Yusuf und Abdul waren nicht zu ent-

decken. Die Arbeiter standen in Gruppen beieinander und disku-
tierten. Verwundert ging Alice an Kollbrand vorbei, der die Bildzei-
tung schwenkte.

»Na, Alice«, rief ihr zu, »jetzt ist's aus mit euren dreckigen Machenschaften!«

Alice ging durchs Tor und schaute als erstes nach ihrem Fahrrad. Unversehrt stand es im Fahrradständer; jemand hatte eine
Zeitung unter den Gepäckträger geklemmt, mit der Schlagzeile
nach oben: *FRIEDHOFSGÄRTNER ALS DROGENDEALER*. Alice
nahm die Zeitung in die Hand und fing an, den Leitartikel zu studieren:

*Wie gestern Abend bekannt wurde, ist es der Kriminalpolizei ge-
lungen, einen Ring von Drogendealern unter den Gärtnern des
Hauptfriedhofs dingfest zu machen ...*

Sie kam nicht dazu, weiter zu lesen, weil Hanselt ihr die Hand
auf die Schulter legte: »Frau Dessau, Sie werden im Personalbüro
erwartet.«

Es war der reinste Spießrutenlauf. Von den eleganten jungen
Sachbearbeiterinnen und den beiden forschen Auszubildenden
wurde Alice gemustert, als wäre sie eine Kindsmörderin, die nun
ihrer gerechten Strafe entgegensah. Fast alle Angestellten und
Arbeiter standen vor der klassizistischen Villa, in der die Verwaltung untergebracht war. Man hatte ihnen allen vor etwa einer
Stunde verkündet, sie hätten zwei Tage frei, damit die Kriminalpolizei ungestört ermitteln könne.

»Die Schuldigen werden bestraft, und zwar hart«, hatte die
Verwaltungsleiterin auf der rasch einberufenen Dienstversammlung um sieben verkündet. Als Alice ins Personalbüro geführt wurde, saßen Abdul, Yusuf und Camillo bereits da. Mit versteinerten
Mienen hielten sie ihre Mützen im Schoß. Camillo und Yusuf galten als Hauptschuldige; Abdul und Alice als Mitläufer und Mitwis-
ser.

Stunden später saßen sie immer noch im Café Holzhausen in der Eckenheimer Landstraße, ganz in der Nähe der Nibelungen-Apotheke. Vom Baugelände auf der anderen Straßenseite drang Baulärm herüber. Yusuf murmelte: »Das wird die Deutsche Bibliothek.«

Vor Abdul und Camillo stand immer noch der Cappuccino, den sie beim Hereinkommen bestellt hatten; Alice und Yusuf hatten jeder noch einen Rest Tee im Glas, als die mollige Kellnerin in ihrer blütenweißen Schürze mit einem missbilligenden Blick auf die dunkelgrünen Arbeitsanzüge der Männer und Alice' schmutzige Fingernägel gegen ein Uhr an ihren Tisch am Fenster trat und sie barsch fragte, ob sie zahlen wollten.

»Nein«, erwiderte Camillo. »Gibt's bei Ihnen was zu essen?«

Die Sattelschlepper und Planierraupen gegenüber waren so laut, dass Camillo seine Frage wiederholen musste.

Mit kaum unterdrücktem Unwillen bejahte die Kellnerin.

»Na, dann bringen Sie uns doch mal die Speisekarte«, forderte Camillo sie auf, und zu den anderen gewandt, meinte er: »Hört mal, wir müssen was essen. Auch wenn uns nicht danach ist. Ihr seid meine Gäste.«

Im Personalbüro hatte man ihnen fristlos kündigen wollen. Man habe festgestellt, dass sie unrechtmäßig Cannabis angebaut und verkauft und mehrfach im Dienst Alkohol getrunken hätten. Außerdem seien sie ohne Erlaubnis genehmigungspflichtigen Nebentätigkeiten nachgegangen. Jeder einzelne Punkt sei Grund für ein Disziplinarverfahren, wenn nicht mehr. Auf einen Wink Camillos hin hatten sie, jeder für sich – außer Alice – erklärt, sie würden einen Rechtsanwalt konsultieren. Unterstützt von einem Kriminalbeamten, erklärte Hanselt ihnen, das sei ihre Sache. Auf jeden Fall müssten sie den Friedhof unverzüglich verlassen; sie hätten Hausverbot.

Ab sofort war es ihnen strikt untersagt, das Gelände zu betreten.

»Es sei denn, im Sarg«, sagte Yusuf mit einem bitteren Lachen. »Was soll ich nur meiner Frau erzählen?«

Camillo schien die Ruhe selbst zu sein. »Menschenskinder«, sagte er mit gedämpfter Stimme, um nicht die Aufmerksamkeit der Leute an den Nebentischen zu erregen, »das wird sich alles aufklären! Wartet nur ab, die werden sich noch bei uns entschuldigen müssen! Wir sind doch keine Verbrecher.«

»Aber so hat man uns behandelt«, warf Alice ein. Sie war leichenblass und rauchte eine Zigarette nach der anderen.

Die Kellnerin brachte die Speisekarte. Ohne einen Blick darauf zu werfen, sagte Alice: »Ich nehme eine Hühnerbrühe.« Die anderen entschieden sich für das Gleiche.

»Camillo«, meinte Abdul, »ich kriege keinen Bissen runter.«

»Na, so'ne Suppe wirste ja wohl noch löffeln können«, antwortete Camillo. Man merkte ihm an, dass seine Zuversichtlichkeit nur Schein war. Solange sie beratschlagten, was sie tun könnten, wahrten alle mühsam die Fassung.

Eine halbe Stunde später setzte sich Alice auf ihr Fahrrad und radelte wie betäubt nach Hause. Sie wusste nicht, wie ihr Leben und das ihrer Kollegen weitergehen sollte.

Als sie gegen Mitternacht im Bett lag, hatte sie rasende Kopfschmerzen und wollte nur schlafen. Kaum war sie ein paar Minuten weggedämmert, schreckte sie wieder auf. Ihr war, als hörte sie Schritte auf dem Dach. Irgendwann schlief sie erschöpft ein.

Drei Tage lang igelte Alice sich in ihrer Dachwohnung ein, trank kannenweise schwarzen Tee, aß kaum etwas, rauchte, hörte in den Hessennachrichten von den kriminellen Machenschaften einer Clique von Friedhofsgärtnern, schaltete den Apparat ab, rauchte, beobachtete den Herbstregen vor den Fenstern, schlief wieder, war zu müde, um zu lesen, legte Patiencen, zwang sich dazu, einen Happen Brot zu essen, trank Tee, zuckte zusammen, wenn das Telefon klingelte, lauschte mit angehaltenem Atem den Stimmen auf dem Anrufbeantworter, hörte, wie Yusuf sich nach ihr erkundigte, hörte, wie Camillo sie zu einem Treffen mit den Kollegen einlud, hörte die Stimme von Abdul, der sie besorgt fragte, ob sie krank wäre, und hörte das Schnarren des bulligen Müller, der ankündigte, ihre Entlassungspapiere seien per Einschreiben unterwegs. Sie nahm den Hörer nicht ab und sah keinen Grund, jemanden anzurufen.

Ihre Gedanken kreisten nur um ein Thema. Wie sollte es weitergehen? Sie hatte kaum Ersparnisse. Die Novembermiete war noch gesichert, und was danach passieren würde, war ihr unklar. Camillo und Yusuf hatten vor, mit allen Mitteln gegen ihre Kündigung anzugehen. Eine solche Ungerechtigkeit ließen sie sich nicht bieten. Die Anschuldigungen beruhten auf Verleumdung. Sie wollten ihren Ruf verteidigen. Alice wollte nicht kämpfen. Sie wollte Ruhe.

Eine Woche später goss es immer noch in Strömen. Alice wachte gegen Mittag auf und stellte fest, dass sie außer einem trockenen Stück Brot und ein paar Scheiben Käse nichts mehr da hatte, auch die Zigaretten waren ihr ausgegangen. Auf dem Weg zum Kiosk fielen ihr wieder die Wahlplakate auf. Übernächsten Sonntag würde sie wählen gehen. Doch zuerst einmal musste sie den heutigen Tag überstehen, einen Sonnabend Anfang Oktober.

Sie kramte in ihrem Portemonnaie, zählte nach, ob sie sich so lebenswichtige Dinge wie Zigaretten, Brot und Tee leisten konnte, atmete auf, als sie einen zusammengefalteten Zwanzigmarkschein in einer Falte ihrer Geldbörse fand, holte alles, was sie brauchte, im Supermarkt und beeilte sich, nach Hause zu kommen.

Morgen ... Morgen war Sonntag, und darauf folgten wieder Wochentage, das Leben ging weiter, auch wenn sie keine Arbeit mehr hatte und nicht wusste, wovon sie leben sollte. Arbeitslos ... Sie

musste lernen, sich zu beschäftigen, damit ihr die Decke nicht auf
den Kopf fiel, das war ihr zwar klar, aber die Ereignisse auf dem
Friedhof sorgten nicht nur für nächtliche Albträume, sondern waren auch die Ursache dafür, dass sie sich tagsüber vor lauter Grübe-
lei nicht einmal auf ein Buch konzentrieren konnte.

Da sie doch hin und wieder hinausgehen musste, erkannte sie
die jeweiligen Wochentage an den Putzleuten, die sie im Treppenhaus traf und mit denen sie immer ein paar Worte über das Wetter
wechselte. Dienstags und mittwochs putzte Lili aus Kroatien bei
Schlomichels im Parterre, in den ersten Stock, in die Zahnarztpraxis, kam Nebahat, eine junge Türkin, montags, und donnerstags,
und bei Dr. Meir, einem Bankdirektor, der seine Sechs-Zimmer-
Wohnung in der dritten Etage hatte, reinigte eine Filipina samstags
die Treppe.

Also könnte es sein, dass sie ihr auf dem Rückweg begegnete.
Pamela aus Manila würde sie bestimmt auf ihre verquollenen Augen ansprechen.

Auf dem Rückweg vom Supermarkt im Grüneburgweg ging sie
durch die Eppsteiner Straße und bog vor dem Haus von Bert
Westheim in die Telemannstraße ein. Dabei ging ihr durch den
Kopf, dass sie auf keinen Fall den Weg zum Arbeitsamt antreten
wollte, die Demütigungen wollte sie sich ersparen. Das alles hatte
sie vor fünf Jahren schon einmal erlebt, während die Massen in
Berlin auf der Straße tanzten. Damals war Alice so elend zu Mute
gewesen, dass sie mit ihrem Leben hatte Schluss machen wollen.
Warum musste sich alles so grausam wiederholen? Warum musste
sie schon wieder eine Arbeit verlieren? Selbst auf dieser untersten
Lohnstufe gab es keine Sicherheit.

Niemand wartete auf sie, und es war egal, ob sie auf der Welt
war. Mit Wehmut dachte sie an Robert, mit dem sie ein paar Jahre

zusammengelebt hatte. Eines Tages war er in seine Heimat Neuseeland, aufgebrochen, hatte ihr noch eine Weile geschrieben, dann aber nie wieder etwas von sich hören lassen. Sie hatte ihn nicht begleiten wollen, weil sie sich ihre Mutter gegenüber verpflichtet fühlte. Schon damals war diese pflegebedürftig gewesen und lebte in einem Heim.

Daheim angekommen, aß sie, eher widerwillig, kochte Tee, rauchte, und als sie die Nummer des Pflegeheims wählte, in dem ihre Mutter untergebracht war, ging ihr durch den Kopf, dass ihre Telefonrechnung durch ein solches Gespräch wieder einmal unziemlich belastet würde. Aber innerlich nahm sie Haltung an.

Auch wenn Johanna, ihre Mutter, geistig längst auf Wanderschaft gegangen war, den Zeitsinn verloren hatte und nicht mehr wusste, wo sie war, fühlte Alice sich verpflichtet, ihr zu beweisen, dass sie lebenstüchtig war.

Johanna hatte immer von ihr erwartet, dass sie etwas leistete, Karriere machte und bewies, dass sie Talent zum Geldverdienen hätte. Inzwischen war die Mutter aber so hinfällig, dass sie die Realität kaum wahrnahm. Manchmal blitzte noch Vernunft auf, aber diese Gelegenheiten wurden immer seltener. Am Telefon plauderte sie immer über das Wetter, klagte nicht und legte schnell wieder auf, um Alices Telefonrechnung zu schonen. So war es auch heute. Alice konnte ihrer Mutter nichts von sich erzählen.

Johanna sollte nicht wissen, dass Alice arbeitslos war, wieder einmal. Wie damals, als die Mauer fiel und der Wiedervereinigungstaumel begann. Für Alice war es eine Zeit des Abstiegs geworden. Von heute auf morgen hatte man ihr nicht nur den Stuhl vor die Tür gesetzt, sondern ihr auch mit einem Gerichtsverfahren wegen Untreue gedroht. Die Begeisterung für die Wiedervereinigung, war an ihr vorbeigegangen. Genauer gesagt, sie hatte es nicht an sich herankommen lassen und nicht versucht, nach Thüringen zu fahren, in die Stadt ihrer Kindheit, nach Meiningen, um ihre Erinnerungen wieder aufleben zu lassen.

Sieben Jahre lang hatte sie in Frankfurt am Main, umgeben von einem Stab von Assistenten und Sekretärinnen eine Künstleragentur geleitet, hatte Konzerte und Vernissagen organisiert, Matineen und Soireen, Lesungen mit Kunst und Musik und hatte Verträge mit Musikern abgeschlossen. Ihr Sachverstand wurde geschätzt, man hofierte sie, und sie genoss es. Sie hatte die besten Kontakte zu Dichtern und Performancekünstlern aus aller Welt, und die Veranstaltungen, die sie gestaltete, zogen das Publikum magisch an. Aber sie hatte Feinde. Man warf ihr plötzlich vor, sie habe Honorare verschleudert, Eintrittsgelder veruntreut, die Bücher nicht ordnungsgemäß geführt, Phantomkonzerte abgerechnet, bestimmte Künstler begünstigt, andere vernachlässigt und alles im allem unwirtschaftlich gearbeitet. Bereicherung wollte man ihr anlasten, aber bald stellte sich heraus, dass es keinerlei Beweise gab.
Daher war von höherer Stelle auf eine Anklage verzichtet worden. Aber der Makel blieb. Mit Feuer und Flamme war Alice bei der Sache gewesen, und der Schock saß so tief, dass sie sich nie ganz davon erholte. Sie beschloss, sich ganz und gar aus dieser Szene zurückzuziehen und es mit Hand- statt Kopfarbeit zu versuchen. Sie brauchte lange, bis sie begriff, dass Konkurrenzneid im Spiel war und man gegen sie vorging, weil andere ihre Stelle einnehmen wollten. Sie aber fühlte sich als Versagerin, kam sich klein und hässlich und außerordentlich schuldig vor und fing an, sich zu vernachlässigen. Ohne größere Anstrengungen zu ihrer Rehabilitierung zu unternehmen, trat sie den Weg in die Waschküche des Hotels *Intercontinental* an. Und als sie auch dort versagte, wurde

sie Friedhofsgärtnerin, atmete auf und hoffte, dass ihre Vorgeschichte vergessen war. Und nun das.

Wie ausgestorben wirkten die Straßen des Westends mit ihren Gründerzeitvillen an diesem Sonntagvormittag. Dicht an dicht standen die Autos in der Friedrich- und Altkönigstraße, und wie immer hatten Polizeiwagen vor dem Portal der Synagoge in der Freiherr-vom-Stein-Straße ihre Posten bezogen. Nur ein paar Jogger hechelten durch die Gegend, vorbei an zierlichen alten Damen mit silberweißem Haar, das in der Morgensonne violett schimmerte. Sie führten Zwergpudel oder Malteser an der Leine und steuerten zielstrebig ihr Wahllokal in der Feuerbachstraße an. Unbehelligt vom Autoverkehr radelte Alice in der Gegenrichtung durch Einbahnstraßen und stieg erst am Zebrastreifen an der Bockenheimer Landstraße vom Rad, um auf das Fußgängerzeichen zu warten. Hier brausten die Wagen gern mit überhöhter Geschwindigkeit in Richtung Alte Oper oder Bockenheimer Depot.

Von der Sonntagsruhe der Seitenstraßen war hier nichts zu spüren. Vor dem Wahlbüro hatte sich eine Schlange älterer Paare und Damen mit ihren knurrenden Hündchen gebildet, und schon als Alice vom Flur aus einen Blick in den Schulraum warf und den Geruch von Butterbrotpapier, Kreidestaub und verfaulten Orangenschalen einatmete, sah sie eine der eleganten jungen Sachbearbeiterinnen des Friedhofsamts geschäftig in den Wahlunterlagen blättern. Wie hatte sie das nur vergessen können! Die Kollegen aus dem Büro wurden regelmäßig als Wahlhelfer eingesetzt. Alice wollte niemandem begegnen, wollte nicht auf die Ereignisse von vor zwei Wochen angesprochen werden. Noch hatte sie die Möglichkeit, sich umzudrehen und zu gehen, aber sie wollte ihre Stimme abgeben. Dieses Recht konnte sie doch nicht einfach verschenken. Sie wurde blass, überlegte einen Moment lang, kehrt zu machen, entschied sich dafür, zu bleiben und spürte, wie ihr Tränen in die Augen traten.

Als sie die provisorische Wahlkabine berat, um die Partei ihrer Wahl anzukreuzen, musste sie sich auf den Hocker setzen. Mit zitternden Händen klebte sie den grünlich-grauen Umschlag zu, ging auf die Schulbänke zu, an denen die Wahlhelfer saßen und zückte ihren Personalausweis. Das wäre nicht nötig gewesen, da die Sachbearbeiterin im Jil-Sander-Kostüm sie längst erkannt hatte. Alice, die schmuddelige Gartenarbeiterin, der man, gewiss zu Recht, Beihilfe zu Drogengeschäften vorwarf. Die junge Frau lächelte süffisant. Alice sagte kein Wort, steckte ihren Umschlag in die Wahlurne, und verließ den Raum.

Draußen angekommen, nestelte sie tränenüberströmt an ihrem Fahrradschloss. Nur weg, weit weg, irgendwohin, wo man sie nicht kannte. Wie gehetzt radelte sie zum Opernplatz, wich Fußgängern und bellenden Hunden aus, kam zur Hauptwache, bog auf der Zeil in die Neue Kräme ein, die seltsam unbelebt war, überquerte die Berliner Straße und fuhr Richtung Main. Sie trug das Rad die Stufen zum Eisernen Steg empor, geriet außer Atem, blieb stehen und heulte hemmungslos. Sie wischte die Tränen nicht ab. In Sachsenhausen schaute sie weder links noch rechts, wollte an nichts erinnert werden, nicht an die Künstleragentur in der Schweizer Straße, nicht an die Cafés und Bars, nicht ans *Taj Mahal* oder ans *Tandoori*, Lokale, in denen sie oft mit Dichtern, Malern und Musikern gesessen hatte.

Das alles war lange her, viele Cafés hatten mittlerweile Namen, Pächter und Personal gewechselt, und niemand würde sich mehr an sie erinnern. Sie schob das Rad die Darmstädter Landstraße hinauf, sah ein Hinweisschild zum Hühnerweg, bedauerte, dass sie nie die Zeit gefunden hatte, das Willermerhäuschen zu besichtigen, fuhr wieder ein Stück und bog dann in den Feldweg zum Goetheturm ein.

Heute würde sie springen. Es war so einfach. Das Fahrrad brauchte sie nicht abzuschließen. Wer es fand, sollte seine Freude daran haben. Die Kette müsste geölt werden, und die Gangschaltung funktionierte nicht mehr, aber eine Weile würde man noch damit fahren können. Sie würde die Augen schließen und sich ins Herbstlaub fallen lassen. Was hatte sie zu verlieren?

Eigentlich wäre das nichts anderes als ein Sprung vom Zehnmeterbrett im Schwimmbad. Als junges Mädchen hatte sie sich nur einmal getraut, aus dieser schwindelnden Höhe ins Wasser zu springen: Als sie aber damals allen ihren Mut zusammengenommen hatte und gesprungen war, war es ein Genuss. Als flöge man auf dieses unendliche Blau zu. Hier war es das bunte Laub – und darunter der steinige Boden. Die Höhe stimmte, und ein Schädelbasisbruch war garantiert. Das war der Exitus, den sie sich wünschte. Aber als sie an dem hölzernen Turm ankam, war er gesperrt. Ein Schild zu seinen Füßen verkündete: *Wegen Bauarbeiten nicht zugänglich.*

Stundenlang fuhr sie ziellos durch den Stadtwald, radelte an Paaren vorbei, die schweigend Hand in Hand durch das Herbstlaub wanderten, überholte einsame Männer und Frauen, die ihren Hunden pfiffen, musste bremsen und vom Rad steigen, wenn ihr Familien mit Kindern entgegenkamen, Kindern, die ihr mit einem fröhlichen Lachen den Weg versperrten. Alice fühlte sich verlassener denn je. Sie hatte keine Aufgabe, nichts, was ihrem Alltag einen Rhythmus gab, und das Geld ging auch zur Neige. Und wieder einmal wurde sie beschuldigt und wusste nicht, wie sie sich verteidigen sollte. Wieder hatte sie Regeln verletzt, wieder stand sie draußen. Schlimmer noch, sie hatte eine Anklage zu befürchten.

Wie gehetzt radelte sie weiter. Sie musste sich dem stellen, was auf sie zukam.

Die Herbstluft tat gut. Wieder stieg sie vom Rad, setzte sich auf eine Bank und zündete sich eine Zigarette an. Sie musste ihr Leben irgendwie in den Griff bekommen. Und das war das Schwierigste. Vielleicht sollte sie einfach Vertrauen haben. Einfach leben, weiter leben – und daran denken, dass dies allein schon ein Wert war? Das reichte ihr nicht.

Das Harken und Fegen der Wege auf dem Friedhof hatte etwas stetig Wiederkehrendes, etwas unabänderlich Gleiches gehabt. Und im Kreis von Abdul, Camillo, Yusuf und den anderen hatte sie sich wohlgefühlt. Sie war gern für andere da, half, und wenn sie gebraucht wurde, sprang sie ein. Jetzt aber musste sie nur noch für sich sorgen, war nur noch dafür verantwortlich, sich selbst zu erhalten und wusste nicht mehr, wie.

Ihre Mutter würde vielleicht gar nicht realisieren, wenn Alice nicht mehr da wäre. Aber – Tabletten nehmen? Sich die Pulsadern aufschneiden? Vom Kaiserdom springen? Die Steinmauern auf der Plattform unterhalb der Turmspitze waren zu hoch. Alice war nicht gelenkig genug, und Touristen würden sie festhalten. Die Hochhäuser der Banken? An Pförtnern in Uniformen vorbei in den Aufzug steigen und bis zur obersten Etage vordringen, unter dem Vorwand, sie wolle sich die Stadt von oben anschauen, dann mit einem überheblichen Lächeln abgewiesen werden ...

Alice trat ihre Zigarette mit der Fußspitze aus und stand langsam auf. Sie wollte sich Zeit lassen. Vielleicht ließ sich aus dem bisschen Leben doch noch etwas machen. Mühsam fand sie den Weg zurück zum Goetheturm, verirrte sich ein paar Mal, schlug die falsche Richtung ein und kam dann doch wieder auf der Darmstädter Landstraße an. Sie nahm die rechte Hand vom Lenker und tastete nach ihren Schlüsseln in der Hosentasche. Es war später Nachmittag, und die Straßen waren belebt wie an Wochentagen.

Erregung lag in der Luft. Der Ausgang der Wahlen war noch unsicher, gegen achtzehn Uhr würde man die ersten Hochrechnungen bekannt geben, alle Parteien würden Wahlpartys veranstalten, überall würden aufgeregte Politiker und ihre Anhänger sich vor den Fernsehschirmen versammeln.

Alice war darauf gefasst, dass sich an der Regierungsspitze wenig ändern würde. Ihre Stimme galt der Opposition. Aber was für eine Rolle spielte das jetzt noch? Sie musste erst einmal sehen, wie sie Körper, Geist und Seele zusammenhielt. Nein, sie wollte sich nicht aufgeben. Sie würde abwarten, was auf sie zukäme.

Auf keinen der Anrufe ihrer Kollegen hatte sie bisher reagiert.

Was nützten diese Treffen mit Yusuf, Camillo und Abdul noch? Sie wollten kämpfen, für ihre Ehre, um ihre Arbeit. Alice wollte nicht zurück.

GRÜNANLAGEN
KIEFER

Während Alice am Wahlsonntag verzweifelt durch den Stadtwald irrte, standen Yusuf, Abdul und Camillo vor ihrer Haustür in der Friedrichstraße und klingelten. Einmal, zweimal, mehrmals. Keine Reaktion.

»Was ist nur mit ihr los?«, fragte Yusuf.

Die beiden anderen schüttelten die Köpfe.

»Sollen wir die Nachbarn fragen?« Camillo war nahe daran, aufs Geratewohl auf einen der Klingelknöpfe zu drücken. Seit Tagen hatten versucht sie, Alice zu erreichen, ohne Erfolg.

Nach der ersten Lagebesprechung im Café, an der Alice noch teilgenommen hatte, waren dieMänner zu einem Anwalt gegangen. Der hatte ihnen erklärt, dass es sich um Strafrecht handle und jeder von ihnen sich einen eigenen Verteidiger suchen müsse.

»Aber es geht doch nur um unsere Arbeit«, wandte Yusuf ein.

»Tut mir leid«, erwiderte der Anwalt, »Handel mit Cannabis ist nun mal strafbar.« Dabei sah er Abdul so durchdringend an, als hielte er den Marokkaner für einen gefährlichen Dealer. Camillo wurde fuchsteufelswild und brüllte den Anwalt an. Nur Yusuf behielt einen kühlen Kopf.

»Hören Sie«, sagte er, »Alles, was uns vorgeworfen wird, ist auf eine perverse Art und Weise zusammengestoppelt.«

»Ach ja?« hatte der Anwalt gefragt und die Brauen gehoben. »Alkohol im Dienst, Entwendung von Dienstgeräten, betrügerische Machenschaften mit illegalen Pflanzen? Sie wissen doch, dass Geschäfte mit Rauschgift strengstens geahndet werden. Erschwerend kommt hinzu, dass Sie städtische Bedienstete waren.«

»Waren?«, hatte Camillo gebrüllt. »Was heißt hier *waren*?«

Der Anwalt zuckte die Achseln. »Man hat Ihnen fristlos gekündigt.«

Yusuf blieb ruhig. Ohne die Stimme zu heben, sagte er: »Hören Sie uns doch erst einmal zu.«

»Tja, meine Herren.« Mit einem abschätzigen Blick auf ihre Arbeitsanzüge meinte der Anwalt: »So darf ich Sie doch nennen? Tja, erst einmal müssen wir klären, wen von Ihnen ich vertreten soll. Na ja, und dann – die Kosten ...«

»Über die Gewerkschaft haben wir eine Rechtsschutzversicherung«, kam es zögernd von Abdul.

»Das wird Ihnen in diesem Fall nicht viel helfen. Der Anwalt lächelte. »Gesetzt den Fall, ein Seriendieb würde sich auf den Rechtsschutz berufen ... Das wäre ja absurd, wenn die Versicherung derlei abdecken würde!«

»Wollen Sie damit sagen, wir müssen selber zahlen?«, fragte Yusuf.

»Das ist doch unglaublich!«, Camillo sprang auf.

»Nehmen Sie bitte wieder Platz, Herr –«, der Anwalt versuchte, beschwichtigend auf Camillo einzuwirken.

»Carbone«, schnauzte Camillo den Anwalt an, »Camillo Carbone. CC.«

»Bitte, setzen Sie sich, Herr Carbone. Wir sollten wie vernünftige Menschen miteinander reden. Ich habe vollstes Verständnis für Ihre Lage, aber ...«

»Strafrecht ist nun mal Strafrecht, das haben wir kapiert«, sagte Yusuf. »Uns bleibt nichts anderes übrig, als uns damit abzufinden. Wissen Sie was? Wir müssen uns erst noch einmal beraten. Wir sind nämlich allesamt unbescholten und zum ersten Mal in einer solchen Lage.«

»Gut«, antwortete der Anwalt, der beim Frühstück die Frankfurter Zeitungen durchgeblättert und geschmunzelt hatte, als er von den Drogengeschäften auf dem Hauptfriedhof las. Dass die Delinquenten sich an ihn wandten, erheiterte ihn.

Er hieß Abel, stand als einer der ersten im Branchenkompass und griff jetzt in die oberste Schublade seines Schreibtischs, zog eine Visitenkarte mit Goldrand hervor und reichte sie Yusuf.

»Sie können mich jederzeit anrufen«, meinte er und stand auf.

Das war das Signal für Yusuf und Abdul, sich ebenfalls zu erheben. Camillo hatte schon die Türklinke in der Hand.

»Keine zehn Pferde bringen mich wieder zu diesem Abel. Kain sollte er heißen«, Camillo stieß eine Serie italienischer Flüche aus, als sie wieder auf der Straße standen.

»Yahuuu! Zum Donnerwetter noch mal, sprich mal ‘ne Sprache, die wir verstehen«, Yusuf boxte ihn in die Rippen.

Beschuldigt wurden sie schwerster Dienstvergehen, des Betrugs, des Ausübens unerlaubter Nebentätigkeiten, verschiedener Delikte wie der Mitnahme von Gartengeräten zu außerdienstlichem Gebrauch und des Entwendens von Saatgut, außerdem, und das wog schwer, der Grabschändung, des unzulässigen Alkoholkonsums - und, tatsächlich, des Drogenhandels. Das hatten sie erst von Herrn Abel erfahren.

Als man ihnen in Anwesenheit der Kriminalbeamten die Kündigung ausgesprochen und Hausverbot erteilt hatte, war nur ganz allgemein von strafbaren Handlungen die Rede gewesen.

Noch ganz benommen von den massiven Anschuldigungen, setzten sich die Männer ins nächstbeste Café und beratschlagten, was zu tun sei.

»Das darf doch nicht wahr sein!«, rief Camillo ein ums andere Mal. »Das ist doch der helle Wahnsinn! Sind die denn alle plemplem?« Er schlug sich mit der Hand vor die Stirn.

»Die wollten uns einfach rausekeln«, sagte Abdul. »Was für eine miese Tour! Ich weiß gar nicht, wie ich das meinem Sohn erklären soll. Wie stehe ich jetzt bloß vor ihm da ...«

Nach langen Gesprächen mit seiner Frau und seinen Brüdern in Nador hatte er sich entschieden, seinen ältesten Sohn mit nach Frankfurt zu nehmen, und seit Ende August lebte Mustafa bei ihm in Bornheim.

Die Männer beschlossen, Freunde und Verwandte wegen eines guten Anwalts zu Rate zu ziehen.

»Abgemacht«, meinte Yusuf, bevor sie auseinander gingen.

Vierzehn Tage lang setzten sie dann alle Hebel in Bewegung, um einen Verteidiger zu finden, dem sie vertrauen konnten. Um Strafrecht ging es, wie sie jetzt wussten, aber auch um ihr Recht auf Arbeit. Schließlich wollten sie sich die Rückkehr ins Friedhofsamt erstreiten.

Am Samstag vor der Bundestagswahl trafen sie sich beim Metzger auf der Empore der Kleinmarkthalle und gingen dann trotz des strömenden Regens stundenlang am Mainufer spazieren. Abdul bedrückte die Sorge, wie er seinem Sohn die prekäre Lage erläutern sollte.

»Das ist nicht zu erklären«, meinte Yusuf. »Soll ich mal mit ihm reden? Am Montag fahren wir eh wieder zur Louisa.«

Yusuf kümmerte sich weiter um die Gärten der Manager rund um die Louisa. Täglich fuhr er mit Abdul und seinem Sohn Mustafa nach Sachsenhausen. Ihren Treffpunkt hatten sie vom Alten Portal des Hauptfriedhofs an die Friedensbrücke am Sachsenhäuser Mainufer verlegt. Das Team war geschrumpft, da die alten Kollegen, die bis vor Kurzem noch jeden Nachmittag in Yusufs Kastenwagen gestiegen waren, schon am Tag nach dem Skandal absprangen, aus Furcht, ihre Stelle auf dem Friedhof zu verlieren. Zu dritt war die Arbeit kaum zu bewältigen, und dennoch hatte Yusuf seinen Auftraggebern angeboten, sich von nun an rund um die Uhr um alles zu kümmern. Das hieß: auch vormittags. Er war froh, dass ihnen diese Einnahmequelle blieb. Sorgen allerdings machte ihm die Jahreszeit. Von November bis Februar würde es dort kaum etwas zu tun geben.

»Habt ihr was von Alice gehört?«, fragte Yusuf unterwegs, als sie schon fast an der Gerbermühle waren. Jeder von ihnen hatte mehrmals versucht, Alice telefonisch zu erreichen. Ob sie wusste, was man alles gegen sie vorbrachte? Sie wollten ihr raten, sich unbedingt einen Anwalt zu nehmen. Außerdem machten sie sich Sorgen um die Kollegin. Ihnen war klar, dass sie unter der robusten Schale, die sie gern zur Schau trug, sensibel und verletzlich war. Da sie nicht ans Telefon ging, gab es nur einen Weg. Sie beschlossen, sie am nächsten Tag zu besuchen.

Und so standen die drei am Sonntagnachmittag vor ihrer Haustür und überlegten. Camillo hatte schon den Finger auf einem der Klingelknöpfe.

»Du bist wohl meschugge", schnauzte Yusuf ihn an. »Wer weiß, ob die Nachbarn sie überhaupt kennen. Wir werfen ihr lieber einen Zettel in den Briefkasten.«

Abdul stimmte Yusuf zu, kramte in seinen Jackentaschen nach einem Stift, und Camillo riss ein Blatt aus seinem Terminkalender.

»Aber was schreiben wir bloß?«, fragte er.

»Ganz einfach«, erwiderte Yusuf. »Morgen früh erwarten wir dich …«

»Wo denn?«, unterbrach ihn Camillo.

»An der Friedensbrücke«, kam es wie aus der Pistole geschossen von Abdul. »Dann nehmen wir sie mit nach Niederrad. So sind wir gleich einer mehr – sonst schaffen wir die Arbeit da draußen eh nicht.«

»Abdul, du bist genial!« Yusuf strahlte ihn an. »So machen wir's.«

GRÜNANLAGEN
YUCCA-PALME

Ende Oktober saß Alice in ihrer Dachwohnung und war ihrer Angst ausgeliefert.

Sie aß kaum noch, trank statt Tee eine Tasse Nescafé nach der anderen, rauchte wie ein Schlot und verließ ihre winzige Wohnung, die aus einem einzigen Zimmer, Teeküche und Duschkabine bestand, nur noch, wenn ihr die Zigaretten ausgingen. Nachts wurde sie durch anonyme Anrufe aus dem Schlaf geschreckt; jede Nacht zwischen drei und vier wachte sie auf, und immer war es dieselbe Männerstimme, die ihr drohte. »Alice, du mieses Flittchen«, zischte es. Der Rest war unverständlich. Sie wunderte sich, dass der Anrufer nicht aufgab. Schließlich war ständig der Anrufbeantworter eingeschaltet, und die Gemeinheiten liefen ins Leere. Alice schlief miserabel, selbst das Schafezählen nützte nichts mehr.

Sie fühlte sich vogelfrei, zum Abschuss durch die Behörden freigegeben, wie seinerzeit, vor fünf Jahren. Die Arbeit fehlte ihr – und die Verantwortung. Sie hatte ein Meer von Zeit und das Gefühl. darin zu ertrinken. Zweifellos war die Friedhofsbehörde stärker. Wie in Acht und Bann kam sie sich vor, lebte in der Stadt und gehörte doch nicht mehr dazu.

So saß sie in ihrem Zimmer gegenüber der grün schimmernden Kuppel der Synagoge, lauschte dem Gurren der Tauben, hörte Raben krächzen, und je nachdem, wie der Wind stand, das fröhliche Lachen der Gäste der Weinstuben. Kinderlachen, hastige Schritte von Passanten und dann und wann hupte ein Auto.

Sie wurde immer dünner, sah bleich aus und wusste kaum mehr, womit sie sich beschäftigen sollte. Manchmal blätterte sie in Johannas alten Tagebüchern, und versuchte die Person zu rekonstruieren, die die Mutter einmal gewesen war. Aktiv und lebenslustig, wie sie einst war, hatte sie alles Mögliche angepackt und ausprobiert. Von der Leichtathletik über das Motorradfahren bis hin zur Segelfliegerei gelang ihr alles, was sie wollte, bis sie sich selbst verloren ging, kurz vor ihrem achtzigsten Geburtstag.

Alice kramte in ihrer Erinnerung, rief sich Johanna, diese energische, durchsetzungsfähige Frau, ins Gedächtnis zurück und versuchte, den Zeitpunkt zu bestimmen, an dem die Mutter die Orientierung verloren hatte. Es musste etwa zwölf Jahre, nachdem Lommi gestorben war, passiert sein. Sollte Alice bald selbst bald an einem solchen Punkt angekommen sein?

Ihr Leben hatte seinen Sinn verloren. Ihr Rhythmus war ihr abhanden gekommen, und sie konnte Tag und Nacht kaum mehr voneinander unterscheiden. Sie blätterte ihren Kalender nicht mehr um, nahm die Sonnenstrahlen, die durch das Dachfenster auf ihre vertrocknete Yucca-Palme fielen, nicht wahr, hatte ihre Armbanduhr verlegt, hörte nicht mehr Radio und wusste nicht, was um sie herum vorging.

Irgendwann las sie auch nicht mehr, legte keine Patiencen mehr, lag mit offenen Augen auf dem ungemachten Bett, starrte in die Luft, rauchte und trank abgestandenen Nescafé. Wenn es an der Tür klingelte, schreckte sie auf und legte sich wieder hin, wenn sie kurz danach das Scheppern der Mülleimer im Hof hörte. Ständig hatte sie Angst, die Polizei würde kommen, sie abholen und hinter Schloss und Riegel bringen.

Manchmal hatte sie Phasen, in denen sie sich zwang, logisch zu denken, sich an die Vorgänge auf dem Friedhof zu erinnern, aber immer wieder schweiften ihre Gedanken ab und machten einer nackten Angst Platz, die sie nicht kontrollieren konnte. In ihrer Phantasie wurde die Tür aufgebrochen, man kam mit einer Trage, packte sie an Armen und Beinen, legte sie darauf, schnallte sie fest, Männer in weißen Anzügen, von Kriminalbeamten dirigiert, hoben die Trage an und polterten das Treppenhaus hinunter. Auf allen Etagen flogen die Türen auf. Die Nachbarn, die Alice als die stille, höfliche Mieterin aus dem fünften Stock kannten, schauten kopfschüttelnd auf das zusammengekrümmte Bündel Mensch, das da an ihnen vorübergetragen wurde, und schlossen ihre Türen wieder. Mit verächtlichen Blicken würde Pamela sie betrachten, die bei Dr. Meir putzte, oder Lili aus Kroatien würde sie anspucken, und Nebahat, die für die Sauberkeit der Zahnarztpraxis sorgte, würde schweigend übersehen, dass es Alice war, der sie da wie einer hilflosen Alten – von Sanitätern auf der Trage festgebunden – Platz machen musste.

Auf der Straße würden die Menschen zusammen laufen, als man sie in den Krankenwagen trug. Und so landete sie in der Psychiatrie, in der geschlossenen Abteilung, wurde mit Spritzen und Medikamenten ruhig gestellt und wanderte mit leeren, traurigen Augen über die Flure.

Nichts dergleichen geschah. Stattdessen klopfte es eines Mittags an der Tür ihrer Dachwohnung. Alice schreckte hoch, streifte rasch ihren Bademantel über und öffnete. Ihr Hausbesitzer stand vor der Tür.

»Entschuldigung«, sagte Alice, deutete auf das ungemachte Bett und bat ihn herein. Die Oktobermiete war längst überwiesen, schoss ihr durch den Kopf, und auch der November war gesichert, aber …

»Frau Dessau, wie kann ich Ihnen helfen?«, fragte Herr Schlomichel.

»Wie bitte?«

»Mir ist aufgefallen, dass Ihr Briefkasten überquillt, und vor allem sehen Sie furchtbar blass aus.«

»Nehmen Sie doch bitte Platz», antwortete Alice.

Ihr Hausbesitzer hatte die Wohnung seit Jahren nicht betreten; die Gespräche fanden stets im Treppenhaus statt.

»Darf ich Ihnen einen Kaffee anbieten? Der Tee ist mir ausgegangen, und seitdem bin ich auf Nescafé umgestiegen.«

»Aber gern«, antwortete Herr Schlomichel und nahm auf einem abgeschabten, durchgesessenen Designersessel Platz. Er ließ seine Augen über die vergilbten Wände schweifen, und ihm ging durch den Kopf, dass er bald einmal wieder den Weißbinder kommen lassen sollte.

»Es tut mir leid, aber ich habe keine Dosenmilch mehr«, rief Alice aus der Teeküche.

»Zucker tut's auch«, erwiderte er.

Zucker! Alice trank den Kaffee schwarz. Sie riss sich zusammen. In den letzten Wochen hatte sie mindestens drei Kilo abgenommen. Sie schnürte den Gürtel fester und verknotete ihn.

Sie konnte es kaum glauben, aber da saß der Hauseigentümer in ihrem einzigen Sessel und wollte mit ihr Kaffee trinken. Das war Wirklichkeit! Irgendwo musste sie doch noch Würfelzucker haben;

zum Glück fand sie ein paar Stück in einer Schublade des Wandschranks.

»Wie aufgeräumt es bei Ihnen ist«, meinte Herr Schlomichel anerkennend; den Staub und das zerwühlte Bett – auf einem niedrigen Gestell in der Ecke – übersah er. »Und Ihre Yucca-Palme sollten Sie gelegentlich mal wieder gießen!«

Alice wagte ein schüchternes Lächeln und stellte ihm einen Becher Kaffee auf den klapprigen Holztisch.

»Danke, Frau Dessau. Kommen wir zur Sache. Sie brauchen dringend Hilfe.«

Alice holte einen der beiden Stühle, die sie von ihrer Großmutter geerbt hatte, herbei und setzte sich ihm gegenüber.

»Warum? Ich habe Grippe und gehe bald zum Arzt«, log Alice.

»Frau Dessau, Grippe hin, Grippe her, die Bild-Zeitung lese ich nicht, aber auch in der FAZ war ein Artikel über Sie, in der Neuen Presse und der Rundschau ...«

»Mit meinem Namen?«, fragte Alice und sprang auf.

»Ja, mit Ihrem Namen vor allem. Von Ihren ausländischen Kollegen wurde nur ein Camillo C. erwähnt. Nehmen Sie ruhig wieder Platz.«

»Und jetzt halten Sie mich für eine Kriminelle?«, Alice zitterte.

»Im Gegenteil«, erwiderte ihr Hausbesitzer. »Ich kenne diese Stadt. Kein Wort glaube ich, denn vor allem kenne ich Sie. Was ist denn nun passiert?«

Alice erzählte es ihm.

»Also, zuerst einmal brauchen Sie einen guten Anwalt.«

»Einen Anwalt?«

»Sie wollen sich doch nicht etwa selbst verteidigen? Da würden Sie sich ganz schön auf Glatteis begeben!«

Alice nickte. Das hatte sie verstanden.

Herr Schlomichel griff in seine Westentasche, holte eine Visitenkarte heraus und überreichte sie ihr.

»Dr. Behaghel«, las Alice.

»Die Kanzlei ist Im Trutz. Wenn Sie dort anrufen, sagen Sie Grüße von mir.«

»Wie kann ich Ihnen nur danken?«

»Mhm«, meinte Herr Schlomichel. »Ganz einfach. Unser Enkel, der Daniel, braucht Nachhilfe in Deutsch und Englisch. Da ließe sich vielleicht etwas arrangieren.«

»Sie wissen, dass ich eigentlich keine Gärtnerin bin?«

»Aber Alice, pardon, Frau Dessau, machen wir uns doch nichts vor. Nach ihrem Rausschmiss aus der Künstleragentur ...«

Herr Schlomichel las anscheinend alle Frankfurter Zeitungen, hatte 1990 aber geschwiegen, als Alice mit ihrer Yucca-Palme und den paar alten Möbeln einzog. Auch damals hatte ihr Name in den Zeitungen gestanden, der Familienname sogar ausgeschrieben, nicht nur mit dem Anfangsbuchstaben ›D‹. Mit keinem Wort hatte Herr Schlomichel bei ihren Plaudereien im Treppenhaus je erwähnt, dass er ihre Vorgeschichte kannte.

»Sobald ich meine Grippe überstanden habe, kann Daniel jederzeit zu mir kommen«, meinte Alice daraufhin, und ihr Hausbesitzer respektierte, dass sie die Fiktion von der schweren Erkältung aufrechterhalten wollte. Alice hustete tatsächlich, putzte sich die Nase und fragte Herrn Schlomichel, ob er noch einen Kaffee wollte.

»Nein danke«, sagte er, und erhob sich. »Aber es wäre gut, wenn Sie bald Ihren Briefkasten leeren würden.«

Gesagt, getan. Kaum hatte Herr Schlomichel sie verlassen, ging Alice in die Duschkabine, zog sich danach an und raste die fünf Treppen hinunter zum Briefkasten. Tatsächlich, da lugte der Blitz-Tip hervor und der Äppler, Frankfurter Lokalzeitungen, und nachdem sie den Briefkasten aufgeschlossen hatte, fand sie Schmähschriften vor, an sie adressiert, aber ohne Absender. Sie öffnete die Briefe, las im Stehen, zerriss sie und stopfte sie in die grüne Müll-

tonne hinter dem Haus. Ein einziges Schreiben von Bedeutung war
dabei; das Altersheim in Westfalen teilte ihr mit, dass ihre Mutter
jetzt in die dritte Pflegestufe eingruppiert werden müsse, und sie
möge ein paar Formulare unterschreiben. Und dann war da noch
ein Zettel:

*Alice, wir erwarten Dich morgen früh um acht an der Friedens-
brücke,* unterschrieben von Yusuf, Camillo und Abdul.

An der Friedensbrücke – aber wo dort genau?

Kirschen – Ende Oktober, Himbeeren und Pfirsiche, wenn auch in winzigen Portionsschalen und zu horrenden Preisen –, daneben Kartoffeln und Zwiebeln, Rosenkohl und Porreestangen, Maiskolben, Gurken und Tomaten. Die Obst- und Gemüsestände in der Kleinmarkthalle waren dicht beladen, quollen fast über und leuchteten rot, gelb und grün. Stimmengewirr und ein Geschiebe von Leuten mit prall gefüllten Einkaufstaschen empfingen Alice am frühen Freitagnachmittag in der Kleinmarkthalle.

»Kauft, ihr Leute, kauft!«, rief ein älterer Marokkaner mit Stentorstimme an seinem Stand direkt am Eingang. »Kauft, ihr Leute, kauft! Das Kilo Tomaten nur drei Mark!« Kaum jemand reagierte. Die Leute zogen weiter, hinein in die viel versprechende Tiefe der Halle. Gerade wollte er zum nächsten Ruf ansetzen, da stutzte er und unterbrach sich mitten im »Kauft, ihr –«. Er hatte Alice im

Gedränge erkannt und packte sie am Ärmel. »Na, was machst du denn hier? Schon Feierabend? Wieso bist du nicht auf dem Friedhof?«

Alice wurde blass, und er schlug sich vor die Stirn.

»Wie konnte ich das nur vergessen! Man hat euch ja gefeuert! Jeden Tag gab's Schlagzeilen in der Zeitung. Und im Hessenfernsehen haben sie's auch gebracht. Armes Mädchen, du glaubst gar nicht, wie leid du mir tust. Was meinst du, wie wir nächtelang mit Abdul und Mustafa beieinander gehockt haben ... Sag mal, wie geht's dir denn so?«

Alice presste die Lippen aufeinander. Sie hätte am liebsten geschwiegen und rang sich dann doch zu einem vorsichtigen »Wieder gut« durch.

»Na, dann wünsche ich dir alles Gute für euren Prozess! Und noch eins, wenn ihr Zeugen vor Gericht braucht, kannst du auf mich zählen.« Er klopfte ihr auf die Schulter, »Pass auf dich auf, mein Mädchen«, und rief wieder: »Kauft, ihr Leute, kauft! Das Kilo Tomaten nur Zweifuffzig!«

Fast hätte Alice auf dem Weg zur Treppe, die zur Empore führte, ein kleines Kind umgerannt, so verwirrt war sie über die Worte von Abduls Freund. Sie kannte ihn flüchtig, da er ab und zu auf dem Friedhof vorbeigekommen war. Wie Abdul stammte er aus der Gegend von Nador.

Sie suchte Yusuf und wollte den Metzger auf der Empore nach ihm fragen. Deshalb war sie in die Kleinmarkthalle gekommen. Der Metzger reichte einem Kunden ein Kilo Lammfleisch über die Theke und kassierte. Er erkannte Alice sofort.

»Gut, dass du endlich vorbeikommst, Alice«, brummt er nur. »Du hast dich ja ganz schön verdünnisiert! Yusuf und deine Freunde haben längst einen Termin beim Arbeitsgericht – und du drückst dich ...«

»Weißt du, wo ich ihn finde?« Sie stotterte verwirrt.

»Warte mal, Alice, lass mich nachdenken. Heute ist Freitag ...« Ein weiterer Kunde kam und verlangte eine Flasche Rakı. Nachdem der Anisschnaps bezahlt war, wandte der Metzger sich wieder Alice zu. »Probier's am Dienstagmorgen.«

Fragend blickte Alice ihn an.

»Was denn, wo denn?«

»Ach, du Dummerchen«, meinte der Metzger, »hast du vergessen, dass Yusuf jeden Morgen zur Louisa fährt? – Also, ich sehe ihn bestimmt am Sonntag, dann sage ich ihm Bescheid«, meinte der alte Mann im schlohweißen Haar und wandte sich dem nächsten Kunden zu.

Alice warf einen sehnsüchtigen Blick auf das Lokum, eine der Süßigkeiten, die Yusuf oft mitgebracht hatte; neben dem Lamm- und Hammelfleisch befanden sich gefüllte Weinblätter, Baklava und allerlei andere Köstlichkeiten in der Auslage.

Der Kunde zahlte, und der Metzger meinte zu Alice:

»An der Friedensbrücke, morgens um acht.«

»Danke«, sagte Alice »und wo da genau?«

»Dribbdebach«, erwiderte der Metzger.

»Dann weiß ich Bescheid«, meinte Alice. Sie wollte schon die Treppe wieder hinabsteigen, da rief der Metzger ihr nach: »Halt Alice, warte einen Moment!«

Alice wandte sich um, und der Alte drückte ihr ein Päckchen Lokum in die Hand. Als sie bezahlen wollte, winkte er ab.

Drei Tage später saß Alice in der Anwaltskanzlei von Dr. Behaghel und starrte auf eine gediegene, zum Teil verglaste Schrankwand, in deren Fächern sich ein juristisches Fachbuch ans andere reihte. Dr. Henning Behaghel, ein übergroßer, schlanker Mann mit sportlicher Figur, thronte hinter dem imponierenden

Schreibtisch aus Eichenholz und hatte das BGB vor sich. Wie ein Häufchen Unglück hockte Alice vor ihm und zerknüllte ihr Taschentuch.

»Kommen wir zum Schluss«, meinte der Anwalt nach einer halben Stunde, nachdem er sich ausführlich sowohl über ihr Anliegen als auch über den Ausgang der Bundestagswahlen ausgelassen hatte. Er blickte auf seine Armbanduhr. »Frau Dessau, ich warne Sie! Treffen Sie sich auf keinen Fall mit Ihren Kollegen! Es ist nicht ausgeschlossen, dass die Kripo Sie das eine oder andere Mal überwachen lässt – und das könnte zu einem Haftbefehl führen. Machen wir uns nichts vor! Sie sind tief in diese Machenschaften verstrickt.«

Alice stockte der Atem. Sie verknotete ihr Taschentuch, ein Erbstück von Lommi, um nicht loszuheulen. Nach ihrem Anruf am Montagmorgen hatte Dr. Behaghel anscheinend sofort mit der Staatsanwaltschaft telefoniert und sich kundig gemacht. Jetzt sprach er auch noch mit erhobenem Zeigefinder: »Was gegen Sie und Ihre Kollegen vorliegt, wiegt schwer. Sie können von Glück reden, dass Sie von einer Hausdurchsuchung verschont wurden!«

Alice schluckte und rang sich ein »Wieso?« ab.

Der Anwalt zählte exakt jene Delikte auf, die Rechtsanwalt Abel ihren Kollegen genannt hatte. Alkohol im Dienst, Anpflanzen von verbotenen Gewächsen, widerrechtliche Aneignung und Mitnahme von Saatgut ... Irgendwie stimmte das sogar, hatte Alice doch einmal einen Efeuschößling auf Schopenhauers Grab ausgebuddelt, in ihre Tasche gepackt, daheim in ein Wasserglas gestellt und gehofft, er würde weiter Wurzeln treiben.

Kurz bevor Dr. Behaghel Alice endgültig verabschiedete, fragte sie, was sie ihm schulde.

»Also«, der Anwalt spielte mit seinem silbernen Kugelschreiber und lehnte sich zurück. »Also«, fuhr er fort, »wenn Sie mir das Mandat übergeben wollen, fangen wir mal mit tausend Mark an.«

Alice zuckte zusammen, versuchte aber, sich nichts anmerken zu lassen. Sie überschlug in Gedanken, wie hoch ihre Ersparnisse waren, und nickte.

»Frau Dessau«, der Anwalt lehnte sich wieder vor, »am besten bringen Sie mir das Honorar zu unserem nächsten Termin mit.«

»Wann wird das sein?«

»Warten Sie mal«, er blätterte in seinem Kalender. »Also«, hob er an, »ich rufe Sie an, sobald mir die Unterlagen der Staatsanwaltschaft vorliegen. In der Zwischenzeit können Sie mich selbstverständlich jederzeit telefonisch erreichen, wenn Ihnen etwas auf der Seele brennt.«

Er kam hinter seinem Schreibtisch hervor – ein Mann von knapp zwei Metern – geleitete Alice über den Perserteppich zu der gepolsterten Zimmertür, überquerte mit ihr den Flur, dessen Wände mit Bildern von Segelschiffen vergangener Jahrhunderte geschmückt waren, drückte ihr dann so fest die Hand, dass sie fast in die Knie gegangen wäre, klopfte ihr nach Gutsherrenart auf die Schulter und meinte: »Übrigens, grüßen Sie bitte Herrn Schlomichel herzlich von mir!«

Benommen von diesem Gespräch taumelte Alice fast durch die Elsheimer Straße und wurde an der Ampel am Reuterweg von einem Passanten in letzter Minute am Arm zurückgehalten, sonst hätte ein Motorroller sie erfasst. Die Ampel zeigte zwar Grün für Fußgänger, aber das schreckte einen rasenden jungen Rollerfahrer, der auf dem Weg zur Autobahn war, nicht ab, mit überhöhter Geschwindigkeit durchs Westend zu preschen.

Bevor sie nach Hause ging, setzte Alice sich im Rothschildpark auf eine Bank mit Blick auf den Bettinaturm. Das hatte etwa Tröstliches. Wie gern wäre sie am nächsten Morgen zur Friedensbrücke gegangen, um ihre Kollegen wiederzutreffen, Kollegen, die durch das gemeinsame Unglück zu Freunden geworden waren. Sie wurde gebraucht! Abdul, Camillo und Yusuf hatten sich die Mühe gemacht, vor vierzehn Tagen bei ihr vorbeizukommen – und erwarteten sie. Mit *dribbdebach* hatte der Metzger in der Kleinmarkthalle ihr den entscheidenden Hinweis gegeben, *dribbdebach*, das war das Sachsenhäuser Ufer, dort hätte sie morgen früh kurz vor acht gestanden und auf Yusuf gewartet, wäre zu ihm und Abdul in den Kastenwagen gestiegen – und hätte den beiden geholfen, die Gärten der Manager rund um die Louisa auf Vordermann zu bringen. Das kam jetzt nicht mehr in Frage.

Von der Kripo überwacht – was sollte das heißen? Man beobachtete sie? Wann und wo? War ihr vielleicht jemand unauffällig gefolgt, wenn sie zum Kiosk an der Tankstelle im Grüneburgweg ging? Oder ihr Brot in der Bäckerei gegenüber holte? Oder als sie eine Ausgabe von Goethes Italienischer Reise in der Autorenbuchhandlung in der Eppsteiner Straße bestellte, weil dieser Band in Lommis Bücherschrank fehlte? War dort nicht ein relativ junger Mann gewesen, der sie schräg von der Seite angeschaut hatte? Auch im Wahllokal in der Bettinaschule hatte sie sich von den anderen Wählern gemustert gefühlt, aber dort war sie ja sowieso gleich von einer der kecken jungen Sachbearbeiterinnen erkannt worden.

Ob sie mit Herrn Schlomichel darüber sprechen und ihn warnen sollte, dass sein Haus unter Beobachtung stand? Sie verwarf diesen Gedanken. Das Beste wäre Schweigen.

»The little boy named Ulysses Macauley one day stood over the new gopher hole at the back of his house on Santa Clara Avenue in Ithaca / California«, las Daniel am Esszimmertisch der Schlomichels, seiner Großeltern, und fragte Alice, was ein »gopher« sei.

»Ein amerikanisches Eichhörnchen, das sich in der Erde verbuddelt«, antwortete sie. »Manche nennen es auch Taschenratte oder Ziesel. Es gibt sogar eine Kindergeschichte vom Zieselchen …«

Seit Anfang November kam Daniel dreimal in der Woche zu Schlomichels, und jetzt, vier Wochen später, nachdem sie ständig Grammatik gepaukt hatten, wollte Alice ihm eine Freude machen und ihm beweisen, dass er ohne weiteres auch Texte wie William Saroyans »Human Comedy« lesen konnte. Als sie eine Bemerkung über seine gute Aussprache machte, freute er sich und erwiderte: »Kein Wunder – ich fliege ja jedes Jahr mit meinen Eltern in die

Staaten, und mit meinen Cousins dort, tja, da muss ich Englisch reden!«

Als Mitte November Kleist im Deutschunterricht durchgenommen wurde, fragte Daniel, ob er seinen Freund Gabriel mitbringen dürfte, und Alice war einverstanden. Einträchtig kamen die beiden nun montags, mittwochs und freitags am frühen Nachmittag in die Friedrichstraße. Frau Schlomichel stellte Alice stets Kaffee auf den Tisch und selbstgebackene Makronen; die beiden Jungen bekamen Coca Cola, die sie zu Hause nicht trinken durften, wie Alice wusste.

Zu dritt lasen sie nun »Das Erdbeben in Chile« Satz für Satz und lachten, als Alice sie darauf aufmerksam machte, dass man heute »Santiago« schreibe – statt »St. Jago«, wie es zu Kleists Zeiten noch üblich war. Im Wohnzimmer saß Frau Schlomichel, las Zeitung und hörte durch die weit geöffnete Flügeltür, was Alice den Kindern erklärte. Sie schmunzelte, war sie doch 1939 in Chile geboren.

An einem grauen, wolkenverhangenen Dezembermorgen, als Alice wieder einmal eine schlaflose Nacht hinter sich hatte, weil sie nicht wusste, was aus der vertrackten Friedhofsgeschichte werden sollte, klingelte es. Alice reagierte nicht, ging sie doch davon aus, dass es die Müllmänner wären, die die schweren Tonnen aus dem Hof holen und auf die Straße stellen wollten. Sie war nicht die einzige im Haus; einer der Nachbarn würde die Tür öffnen.

Das Warten zehrte an Alice' Nerven. Ihr Anwalt vertröstete sie von Woche zu Woche. Sie müsse Geduld haben, sagte er. Und deutete zum wiederholten Mal an, dass manche Vorwürfe, manche Beschuldigungen, die man gegen sie vorbringe, vermutlich ihre Berechtigung hätten. Sein anfänglicher Optimismus, dass sich die ganze Angelegenheit als Lappalie herausstellen und es ihm ein Leichtes sein würde, sie zu verteidigen, war dahin.

Die Zweifel des Anwalts an ihrer Integrität lösten bei Alice nagende Selbstzweifel aus, und sie fragte sich ständig, was sie falsch gemacht hatte. Sie hatte Angst, wenn sie auf die Straße ging, fühlte sich verfolgt, meinte manchmal das hämische Grinsen Kollbrands an einer Straßenecke zu entdecken und floh nach jedem ihrer Ausflüge zum Kiosk wieder in den Schutz der eigenen vier Wände.

Wenn sie den Anwalt anrief, war ihr, als kichere man im Vorzimmer über ihre Ungeduld; der Anwalt aber blieb freundlich und erklärte ihr, man müsse die weitere Entwicklung abwarten. Beschleunigen lasse sich nichts. Bei jedem Anruf versicherte er, er werde sich melden, sobald er etwas wisse. Seit einiger Zeit brachten die Zeitungen nichts mehr über die vermeintlich kriminellen Friedhofsgärtner, aber Alice stand immer noch unter Schock. Noch war sie frei, aber sie wusste nicht, wie es weitergehen würde.

Es klingelte ein zweites, ein drittes Mal, und Alice drückte auf den Knopf des Türöffners. Die Sprechanlage war ein paar Wochen kaputt gewesen, weil Herr Schlomichel Mühe hatte, einen Elektriker zu finden, der sich damit auskannte; jetzt war sie wieder in Ordnung, aber Alice nutzte sie sowieso selten. Das vertraute Rumpeln der Mülltonnen blieb aus. Stattdessen hörte sie Schritte, ein rhythmisches Tacktacktack von Etage zu Etage.

Außer Atem stand dann eine relativ kleine, bildhübsche Frau mit langen kastanienbraunen Haaren vor ihr, und trotz der Anstrengung des Treppensteigens begrüßte sie Alice mit einem strahlenden Lächeln.

»Hallo«, sagte sie, »ich bin Rahel.«

»Guten Morgen, Frau ...?«

»Lichtenfels, Rahel Lichtenfels.«

»Kommen Sie doch herein, Frau Lichtenfels«, sagte Alice ein wenig zögernd. Sie konnte sich keinen Reim auf diesen überraschenden Besuch machen. Frau Lichtenfels warf ihren Mantel auf

Alice' Bettcouch, stellte die Handtasche auf dem kleinen runden Tisch ab und ließ sich in den Designersessel fallen, der bessere Tage gesehen hatte. Es war gegen elf. Zum Glück war Alice schon angezogen und hatte die Bettwäsche im Wandschrank verstaut. Sie hatte an ihrem wackligen Schreibtisch gesessen und Briefe aus den Weltkriegsjahren von Lisbeth, die sie einst Lommi nannte, und Gustav, ihrem Großvater gelesen – und von Johanna. Die Briefe mussten sortiert werden ...

Frau Lichtenfels trug Jeans und einen bunten Pullunder über einer hellen Bluse.

»Ach, wir kennen uns ja gar nicht, pardon«, rief sie. »Ich bin Gabriels Mutter.«

Alice nickte höflich.

»Was bekommen Sie für den Unterricht?«

Alice verstand nicht recht, was die Dame meinte, zahlte ihr der Hausbesitzer doch 20 Mark pro Stunde für Daniel, und ob es nun ein oder zwei Kinder waren, das machte für Alice keinen Unterschied.

Überschwänglich bedankte sich die Dame:

»Stellen Sie sich vor, seit mein Gabriel zu Ihnen kommt, hat er zum ersten Mal eine Zweiminus geschrieben, die beste Note, die er je für eine Deutscharbeit bekommen hat!«

Schon ein paar Tage später saß Alice mit Daniel und Gabriel in Rahel Lichtenfels' Atelier in der Myliusstraße, und Gabriel las: »Ulysses' brother, Homer, sat on the seat of a second-hand bicycle, driving along a country road. Homer Macauley was a telegraph messenger ...« Es war gar nicht so einfach, den beiden Jungen zu erklären, dass *telegraph* Telegramm bedeutete. Alice selbst musste lange nachdenken, wann sie das letzte Mal davon gehört hatte.

»Richtig!«, rief Daniel schließlich. »Meine Omama hat mir mal erzählt, dass es früher so was gab. Ist das so eine Art Schnellpost?«

»Ja«, antwortete Alice.

Während sie weiter vorlasen, immer abwechselnd, mal Gabriel, mal Daniel, führte Frau Lichtenfels im Nebenraum ein Verkaufsgespräch mit Interessenten ihrer Bilder. Sie war nicht nur Malerin, sondern auch Galeristin und pries sowohl die eigenen als auch die Werke ihrer Kollegen an. Schlomichels und Frau Lichtenfels waren übereingekommen, dass der Nachhilfeunterricht abwechselnd in ihrer Galerie und in der Friedrichstraße stattfinden sollte. Hier servierte Stella Alice den Kaffee, eine dickliche blonde junge Frau aus Polen und Mädchen für alles, hütete sie doch Rahels Kinder, putzte die Galerie, putzte auch Rahels Wohnung in der Wiesenau und behielt heute vor allem den zweijährigen Isaac, Gabriels kleinen Bruder, im Auge, damit er nicht an die Farbtöpfe ging.

Da Frau Lichtenfels darauf bestanden hatte, auch für Gabriel 20 Mark zu zahlen, ließ Alice sich nicht nötigen, denn Geld brauchte sie dringend. »Ich bezahle dich nach jeder Stunde«, hatte sie gesagt. Sie hatte Alice das »Du« angeboten, und Alice war sofort darauf eingegangen. Als der Unterricht beendet war und die beiden Jungen erleichtert ihre Sporttaschen schulterten, um zum Hockey zu radeln, rief sie aus dem Nebenraum, Alice möge bitte warten.

Wie immer war Alice beeindruckt von den Bildern und dem Geruch nach Ölfarben, den sie liebte, da es sie an ihre Kinder- und Jugendjahre erinnerte, als Johanna zeichnete und malte, zeitweise sogar vom Verkauf ihrer Bilder lebte. Sie blieb also gern in der Galerie sitzen und blätterte in den Katalogen. Dabei stieß sie auf einen Bericht über die Malerin:

Eine Hommage an die Hoffnung. Drei Stationen – Mexico City, Rom und Jerusalem – drei Kontinente, drei Sichtweisen, drei Akade-

*mien haben die Künstlerin geprägt, verschiedene Sprachen und die
wechselvolle Geschichte von Ländern und Kulturen, in denen sie
lebte, träumte – und malte ...*

Und Alice betrachtete Rahels Gemälde, Zeichnungen, Skulpturen und Installationen und träumte sich zurück in jene Zeit, als sie die Künstleragentur in der Schweizer Straße geleitet hatte und ständig von Galerie zu Galerie, von Atelier zu Atelier unterwegs gewesen war. Mit Wehmut dachte sie an den ölverschmierten Overall des alten Malers, dessen Themen Auschwitz und Theresienstadt waren, dachte an seine mahnenden Bilder und daran, wie er ihr Mut zugesprochen hatte, weiter zu machen, nicht aufzugeben, als sie glaubte, die Verantwortung nicht länger tragen zu können. An die selbstbewussten, hageren Gestalten vom Werkbund dachte sie und daran wie sie sich mit ihren Installationen durchgesetzt hatten. Auch an die jungen Malerinnen, die, in phantasievolle Gewänder gekleidet, schüchtern ihre Bilder vorführten und sich kaum trauten, den Mund aufzumachen.

MAINUFER

SCHNEEGLÖCKCHEN

In den Wintermonaten sorgte Yusuf, wenn auch notdürftig, für sein Auskommen und das seiner Freunde, indem er den Villenbesitzern rund um die Louisa seine Dienste anbot, Laubfegen, Beschneiden von Bäumen und Hecken, Streuen bei Glatteis. Der Winter war so mild, dass Yusuf, Camillo, Abdul und sein Sohn Mustafa kaum zum Streuen gerufen wurden; auf der anderen Seite ließ die Witterung es zu, dass sie im Freien arbeiten konnten, ohne sich eine Bronchitis zu holen.

Am schwersten war den drei Männern der Gang zum Arbeitsamt gefallen, und sie waren erleichtert, als Yusuf im Januar seine Firma gründete; für alle drei war es eine Zitterpartie, ob das Gewerbeamt ihnen, den mit Schimpf und Schande entlassenen städtischen Arbeitern, nicht einen Strich durch die Rechnung machen würde, aber trotz des schwebenden Verfahrens fand Yusuf Mittel und Wege, sich ordnungsgemäß ins Register eintragen zu lassen.

Seine Freunde meldeten sich auf der Stelle beim Arbeitsamt ab und arbeiteten auf Provisionsbasis für ihn; Camillo war es nur recht, weil er seine Eisdiele in Ober-Mörlen mit den ersten Sonnenstrahlen wieder eröffnen wollte. Den Umbau zum ganzjährig geöffneten Café, den er eigentlich geplant hatte, verschob er auf unbestimmte Zeit.

Im Februar war Ramadan, und Abdul und Mustafa arbeiteten nur stundenweise, weil sie beide es mit dem Fasten ernst nahmen.

»Betet für mich mit«, rief ihnen Yusuf zu, wenn sie freitags in die Moschee gingen, »und sagt dem lieben Allah, dass ich's nächstes Jahr nachhole.«

»Oder übernächstes«, Abdul schmunzelte und machte sich mit seinem Sohn auf den Weg in die Heilbronner Straße. Das Beten gab ihnen Hoffnung.

Als ein erster Frühlingshauch in der Luft lag, ein Anzeichen, dass die wintergrauen Tage sich dem Ende zuneigten, als die Boutiquen und Parfümerien in der Schweizer Straße offensiver denn je mit vielerlei Düften in verführerischen kleinen Flacons warben, die bunt durcheinander gewürfelt in großen Körben vor den Läden auf dem Bürgersteig standen, als Paare und Passanten voller Vorfreude auf das Wochenende über das Trottoir flanierten, lenkte Yusuf seinen Kastenwagen in eine Seitenstraße, fand auf Anhieb eine Parklücke, rutschte vom Fahrersitz und lud Camillo zu einem Cappuccino ein. Es war Freitagnachmittag, kurz nach Feierabend.

»Es ist zum Verrücktwerden«, rief Camillo, als sie unter einer Kastanie, die schon erstes Grün ansetzte, an einem hohen, runden Tisch standen und ihren Kaffee tranken. »Man greift sich doch allmählich an den Kopf«, fuhr er etwas leiser fort, »nichts bewegt sich!«

»Naja, die merken allmählich, dass die Vorwürfe unhaltbar sind«, Yusuf zündete sich eine Zigarette an. »Aber wir dürfen nicht vergessen, dass das zwei Paar Schuhe sind – einmal dieser vermaledeite Strafprozess, den die Jungs auf Teufel komm raus gegen uns anstrengen wollen, und dann unsere eigene Klage, bei der Alice ja leider nicht mitmacht.«

»Sag mal, willst du wirklich wieder zurück? Uns geht's doch so eigentlich ganz gut. Wenn die Kohle im Moment auch noch ein bisschen knapp ist, in ein paar Wochen geht's doch endlich wieder los mit dem richtigen Gärtnern. Und vor allem, hier können wir echt was machen, nicht immer nur Gräber, sondern Terrassenbepflanzung. Mensch, Yusuf, Aufträge für Oleander und Palmen, das ist doch was viel Besseres als die ewigen Stiefmütterchen in der Eckenheimer«, das Wort *Hauptfriedhof* kam Camillo nicht mehr über die Lippen.

»Ob ich wirklich wieder hin will?« Yusuf wiegte bedenklich den Kopf. »Nee, wenn ich ehrlich bin, bringen mich keine zehn Pferde mehr in den Saustall. Aber 'ne Abfindung müsste doch rausspringen, oder? Guck mal, wir haben alle drei unsere Verleumdungsklagen angestrengt, Gott sei Dank, dass wir die richtigen Anwälte gefunden haben. Drogenhandel – dass ich nicht lache. Weißt du, ich bin ganz optimistisch. Schließlich geht's um unsere Ehre.«

»Kannst du dir erklären, warum das so lange dauert?«, fragte Camillo. »Behördenmühlen mahlen nun mal langsam«, erwiderte Yusuf, »aber das macht doch nichts. Wir brauchen nur Geduld.«

MAINUFER
BAMBUS

Ende Januar hatte es Zeugnisse gegeben. Daniel und Gabriel schnitten in Deutsch und Englisch so gut ab, dass Alice vorschlug, den Unterricht auf einen Nachmittag pro Woche zu reduzieren.

»Kommt überhaupt nicht in Frage«, meinten Schlomichels, und auch Rahel bestand darauf, dass Alice weiterhin mit den beiden paukte. Herr Schlomichel schien Rahel einiges von Alices trauriger Geschichte erzählt zu haben, denn eines Tages meinte Rahel zu ihr:

»Sag mal, kannst du einen Garten für mich anlegen?«

»Wie bitte?«, fragte Alice erstaunt.

»Ach, Alice, habe ich dir das nicht erzählt? Wir haben ein Haus gekauft, und der Garten ist völlig verwildert. Komm, wir fahren mal hin.« Sprach's, zog den Zündschlüssel aus der Hosentasche und kletterte in ihren Landrover. Alice setzte sich auf den Beifahrersitz, und kurz danach standen sie vor einem italienischen Palais aus dem späten 19. Jahrhundert, dem künftigen Domizil von Rahels Familie.

Schon am nächsten Morgen, als die Februarsonne in ihr Dachfenster schien, saß Alice an ihrem Schreibtisch und entwarf einen Garten, um die Wildnis aus Brennnesseln, Disteln, Holunderbüschen und allerlei Gestrüpp in eine Idylle zu verwandeln, die Rahel zusagte. Mit Feuereifer machte sie sich an die Arbeit. Klare Formen waren da zu erkennen, aber auch Verspieltes, und ganz oben links die Windrose; Alice versuchte, die Wirkung von Farbe, Licht und Schatten einzubeziehen.

»Zum Entwerfen reichen mir ein paar Tage«, hatte Alice Rahel erklärt, »aber dann muss ich mit Schaufel und Harke drangehen und das alles, was ich skizziert habe, Wirklichkeit werden lassen – und das dauert lange.«

Sie stand auf, holte sich ein Glas Wasser und schaute sich noch einmal genau an, was sie bisher zu Papier gebracht hatte. Die Skizze musste so gut werden, dass Rahel von ihrer Professionalität überzeugt war. Was Schlomichels ihr wohl erzählt hatten! Sie war doch keine Gartenarchitektin, sondern einfache Hilfsarbeiterin. Und wie viel sie Rahel über Alices Vergangenheit in der Künstleragentur berichtet hätten? Nun gut, sie wollte ihr Bestes geben.

Da der Garten von einer mannshohen Backsteinmauer umgeben war und Reste von *Gloire de Marengo*, dem weißbunten Efeu, sich noch zwischen dem Dickicht fanden, hoffte sie, dass Rahel eine efeuüberwachsene Mauer gefallen würde. In einer Ecke hatte sie ein Rosenbeet skizziert, in der anderen Lilien, in unmittelbarer Nähe eines Teichs, der von Schilf umgeben war. Während sie sich die Skizze anschaute, fiel ihr ein, dass Rahel gesagt hatte, sie sollte nicht zu sparsam sein.

Wie wäre es mit Bambus? – fragte sie sich, radierte kurzerhand den Efeu an einer Seite der Mauer aus und setzte Bambus an seine Stelle. Und einen Rasen brauchte der Garten, keinen säuberlich gemähten, sondern wild wucherndes Gras, wo Rahel an sonnigen Tagen ihre Staffelei aufstellen konnte. Vielleicht auch eine Laube.

Gegen zwölf Uhr rief Alice in der Anwaltskanzlei an und erfuhr, dass Herr Dr. Behaghel bei Gericht sei, sie aber gewiss zurückrufen werde, sowie er wieder da sei.

In der Galerie war es fast so still wie im Gewann B oder J, wo man wie abgeschnitten war von der Gegenwart; Bildbände über chinesische Gartenkunst stapelten sich vor Alice auf dem Tisch des Lesesaals der Deutschen Bibliothek in der Zeppelinallee, und sie vertiefte sich in die Tuschzeichnungen. Neidlos bewunderte sie die Kunst, mit wenigen Strichen Harmonie zu skizzieren. Nur – wollte Rahel Harmonie? Wollte sie wirklich eine Idylle? Oder sollte ihr Garten vielmehr als Welt im Kleinen die Dissonanzen der Zeit widerspiegeln?

»Bloß nichts Klassisches«, hatte Rahel gesagt, »und nicht zuviel Gleichmaß.«

Zurzeit arbeitete sie an Installationen. »Chaos will ich darstellen, Chaos, nichts Geordnetes, Einheitliches«, hatte sie ein- ums andere Mal gerufen. Auf den Gemälden, die, zum Teil gerahmt, an den Wänden hingen, zum Teil hinter der Tür lehnten, waren die Formen auf das Wesentliche reduziert, auf das purpurrote Zickzack saurierartiger Rücken, auf kreischend gelbe Flammen, die sie, unterbrochen von Formen in dunklem Blaugrün, vor einem pastellfarbenen Hintergrund aus unsichtbaren Rachen spieen.

»Sei nicht zu sparsam«, Rahels Worte klangen Alice im Ohr, während sie so in der Bibliothek saß. Das Nachschlagen war nützlich; es brachte sie auf neue Ideen, und so ließ sie einen Pfad, der mit Naturkieseln belegt war, vom Haus zum Bambus an der linken Mauer und von dort aus in einem Knick mitten durch wild wuchernden Rasen zu den Lilien am Teich in der rechten hinteren Ecke führen, dorthin, wo die beiden efeuüberwachsenen Mauern sich trafen. Während sie eifrig strichelte, ging ihr durch den Kopf, dass Rahel Lichtenfels eigentlich alles so hätte lassen können, wie sie es vorgefunden hatte. Wer Chaos wollte, müsste doch den Dschungel hinter dem Haus genießen.

Rahels Begeisterung für ihre Stadt ging Alice durch den Kopf, ihr Frankfurt am Main, die kleinste Metropole Europas, in der jeder Dritte aus einem anderen Land kam. Ihre Großstadt, die, sei es im Westend oder im Nordend, in Bockenheim oder Sachsenhausen, Provinzcharakter hatte, selbst auf der Zeil lief man sich ständig über den Weg. Rahel traf, wenn sie denn einmal zu Fuß unterwegs war, die Banker, von denen sie sich Sponsorengelder erhoffte, in deren Mittagspause beim Flanieren im Grüneburgweg auf dem Weg ins Bistro an der Ecke zur Parkstraße.

Alice ließ ihren Blick über die chinesischen Tuschzeichnungen schweifen und fand eine zweiblättrige Form, die sie an den Ginkgo biloba erinnerte. Ja, »dieses Baumes Blatt, der von Osten meinem Garten anvertraut« sollte auch in Rahels Garten stehen, und in verschiedene Ecken ihrer Skizze setzte sie Ginkgo-Schößlinge; schließlich sollte es eine Anlage werden, die ihr Geld wert war.

Kollbrand ärgerte sich; nichts lief so, wie er es sich wünschte. Wie viel versprechend war doch die Zeitungskampagne im letzten Herbst gewesen. Er hatte sich ins Fäustchen gelacht, als alle, wirklich alle Frankfurter Zeitungen und noch dazu Funk und Fernsehen ihre Schmähungen über diese Verbrecherbande ausgeschüttet hatten, über diese Wölfe im Schafspelz, die von der Verwaltung jahrelang gehätschelt worden waren. Erledigt werden sollte diese Drachenbrut. Und jetzt? Nichts bewegte sich, nichts ging voran. Vor Gericht gehörten die! Abgestraft!

Wenn er morgens in den Büros am Alten Portal vorbeischaute, versuchte er, etwas von Müller oder Hanselt zu erfahren. Hanselt lief geschäftig über den Flur, Berge von Akten unter dem Arm, die er unter den Sachbearbeiterinnen verteilte. Wann immer Kollbrand Hanselt im Vorübergehen vorsichtig fragte, ob es denn nun bald soweit sei und man mit der Eröffnung des Strafverfahrens rechnen könne, schüttelte der nur den Kopf und wimmelte ihn ab. Er besaß auch noch die Unverschämtheit, zu sagen: »Kümmern Sie sich um Ihre eigenen Angelegenheiten, Herr Kollbrand!« Damit pflegte er in Müllers Zimmer zu verschwinden und die Tür hinter sich zu schließen. Müller ließ ihn gar nicht erst zu sich.

Für die feinen Herren, die in ihrem Leben noch keine Schaufel in der Hand hatten, schien die Geschichte abgehakt zu sein. Kollbrand aber reichte das nicht. Wie konnte man diesem Gesocks nur noch mehr einheizen, weiter ein paar Knüppel zwischen die Beine werfen? Womöglich machten die sich einen feinen Lenz.

Mittlerweile prangten die Gräber rund um das Ehrenmal. Sorgfältig gesäubert waren die Grabplatten für die Gefallenen der beiden Weltkriege; kein Unkraut zeigte sich zwischen dem frisch gemähten Gras. Es herrschte die totale Ordnung, das absolute Gleichmaß. Büsche und Hecken waren akkurat beschnitten; keine Wildnis, kein Dschungel aus Brombeergewächsen, Brennnesseln und Hagebuttengestrüpp trübte das Bild. Es war fast so, als wären die steinernen Grabplatten darauf vorbereitet, vor den Delegationen, die man am 8. Mai erwartete, stramm zu stehen.

Auf ihrem Kontrollgang fanden der bullige Müller und der große, schlanke Hanselt nichts zu beanstanden. Heiner, Milan, Arif und die anderen hatten die Aufräumarbeiten im Herbst und Winter fortgesetzt, und für die vier Ganoven, wie sie im Amt hießen, waren andere Arbeiter geholt worden.

»Kollbrand hat wirklich ganze Arbeit geleistet«, meinte Hanselt, und Müller nickte. »Das konnte ja auch nicht mehr so weitergehen, du meine Güte. Gut, dass Kollbrand diesen Kriminellen rechtzeitig auf die Schliche kam. Der Mann ist Gold wert –«, sagte Müller, stolperte über eine Baumwurzel und fing sich gerade noch rechtzeitig. Hanselt bemerkte es nicht, da er Müller auf dem Rückweg zur Villa am Alten Portal um ein paar Schritte voraus war.

»Sagen Sie mal«, Hanselt drehte sich zu Müller um und blieb einen Augenblick stehen, »sagen Sie mal«, wiederholte er, »haben Sie eine Ahnung, wie weit man inzwischen mit den Ermittlungen ist?«

»Zur Zeit stagniert das«, antwortete Müller, »mir ist auch nicht klar, warum. Das geht alles viel zu langsam. Über ein halbes Jahr ist es jetzt her. Wir hätten die Stellen seit langem wieder besetzen müssen. Die Verwaltungsleiterin wird uns die Hölle heiß machen.«

»Die Vier müssten doch längst hinter Schloss und Riegel sitzen«, Hanselt tastete nach seinem Feuerzeug und zündete sich die Zigarette an, die er schon eine ganze Weile zwischen den Fingern hielt. Müller, älter und erfahrener als Hanselt, schüttelte bedenklich den Kopf. »Die müssen alle miteinander gewiefte Anwälte haben, anders kann ich mir das nicht erklären. Uns sind die Hände gebunden, es sei denn, Kollbrand findet was heraus, was man ihnen noch in die Schuhe schieben könnte.«

Meister konnte Kollbrand zwar nicht werden, dafür fehlten ihm die Voraussetzungen, aber als Vorarbeiter, der seinen Vorgesetzten im letzten Jahr unschätzbare Dienste bei der Aufdeckung krimineller Machenschaften geleistet hatte, war er enttäuscht. Wenn es schon keinen Dank, kein anerkennendes Schulterklopfen gab, so wollte er doch nicht wie Luft behandelt werden. Weder die Verwaltungsleiterin noch Müller oder Hanselt spendeten ihm Lob, von einer Prämie ganz zu schweigen.

Im März erlebte er eine herbe Enttäuschung, als man Milan die Aufsicht über die letzten Aufräumarbeiten rund um das Ehrenmal übertrug, das Mindeste wäre doch, dass man ihn dafür eingesetzt hätte. Stattdessen teilte man ihm sang- und klanglos mit, er habe –

wie die anderen – die groben Arbeiten zu übernehmen. Wieder einmal kam er zu kurz.

Das war sein Schicksal. Immer wurde er benachteiligt. Schon als Kind hatte er sich als letztes Rad am Wagen gefühlt; von den Eltern übersehen, von den großen Brüdern verprügelt, rächte er sich an den Kleinen, indem er ihnen die besten Bissen wegschnappte und sie triezte, wo er nur konnte. Später wurde es nicht besser. Nach wenigen Ehejahren betrog ihn seine Frau; er kam ihr auf die Schliche und stellte es bei der Scheidung so geschickt an, dass er keinen Pfennig zahlen musste.

Dass Müller und Hanselt ihn wie Luft behandelten, wurmte ihn, und niemand war vor seinen Schimpftiraden sicher. Selbst Meier und Pasewang, seine treuesten Bundesgenossen, schnauzte er an, wenn ihm etwas nicht schnell genug ging.

Als er sich an diesem regnerischen Aprilmorgen im Wirtschaftshof zu schaffen machte, seine dunkelblaue Baseballkappe tief in die Stirn geschoben, ging ein Auszubildender aus dem Verwaltungsgebäude an ihm vorbei, im Anzug, eine peppige Krawatte über dem korrekten weißen Hemd, und sorgfältig darauf bedacht, mit den frisch geputzten Schuhen nicht in die Pfützen zu treten.

Schon wieder ein Neuer – dachte Kollbrand und lud Schaufel und Harke auf seinen Pritschenwagen – wieder einer von diesen jungen Typen, die von Tuten und Blasen keine Ahnung haben. Aber aufspielen tun die sich, als wären sie die Chefs der Zukunft.

Er sah den jungen Mann zu Heiner, Milan und Arif hinübergehen, kurz mit ihnen reden und dann direkt auf sich zukommen.

»Herr Kollbrand?«, fragend hob der Lehrling die Brauen.

»Der bin ich«, murmelte Kollbrand und kletterte auf den Fahrersitz seines Wagens.

»Sie sollen mal kurz ins Büro kommen.«

Erwartungsvoll fragte Kollbrand: »Zu Hanselt?« Vielleicht gab es ja endlich eine Lohnerhöhung; als Leiter der Personalstelle konnte Hanselt manches möglich machen.

»Nein, zu Herrn Müller«, schnarrte der Lehrling und ging, die Pfützen meidend, davon.

Was wollte der von ihm? Kollbrand, schloss das Auto ab und machte sich auf den Weg zum Alten Portal.

Überraschend bot Müller ihm einen Kaffee an, als er, die Baseballkappe zwischen den Fingern, vor seinem Schreibtisch saß. Müller kam doch tatsächlich hinter dem Schreibtisch, auf dem sich Aktenberge türmten, hervor, ging zum Waschbecken und spülte für Kollbrand einen Becher aus. Auf dem Computer neben der Kaffeemaschine auf dem Fensterbrett war ein Zebra zu sehen, gefolgt von einem Elefanten, zwei stilisierte Bilderbuchtiere, die ständig über den Monitor liefen.

Müller setzte sich wieder, schenkte ihm Kaffee ein, bot ihm Milch und Zucker an, und sagte: »Kommen wir zur Sache, Herr Kollbrand. Warum ich Sie rufen ließ –«, Müller wurde durch das Telefon unterbrochen, nahm den Hörer ab, antwortete kurz, legte auf, wählte wieder und erklärte einer der Sachbearbeiterinnen, dass er für eine Viertelstunde seinen Apparat auf sie umstellen werde. »Aber alles genau notieren!« Dann sagte er mit einem vertraulichen Unterton zu Kollbrand: »Wir wollen uns nicht stören lassen. Sie werden sich denken können, es geht wieder einmal um die Viererbande.« Er seufzte.

»Steht der Prozesstermin endlich fest?«, fragte Kollbrand.

»Leider nicht«, Müller wiegte bedenklich den Kopf, »unser schönes Argument mit dem Drogenhandel ist vom Tisch. Hat sich als gegenstandslos erwiesen. Schade. Wirklich schade. Und daher haben wir uns überlegt ...« Gespannt folgte Kollbrand seinen Worten. »... ob Sie nicht noch einmal Ihre Fühler ausstrecken können.

Die Ermittlungen sind ganz und gar nicht in unserem Sinn verlaufen. Vieles hat sich als harmlos herausgestellt. Die Polizei ist auf unsere Hilfe angewiesen. Herr Kollbrand, daher frage ich Sie, könnten Sie nicht noch mal Ihre Augen aufsperren?«

In gespielter Hilflosigkeit hob Kollbrand die Schultern: »Aber die Vier sind doch gar nicht mehr da -«

»Die Kerle sind doch schließlich nicht aus der Welt!« Müller beugte sich vor.»Sie – mit Ihrem detektivischen Verstand! Sie wissen doch, wo die Jungs stecken – und in was für Machenschaften die alle miteinander verwickelt sind. Forschen Sie noch ein wenig«, auffordernd sah Müller ihn an und schenkte ihm Kaffee nach.

»Aber das wäre doch außerhalb der Dienstzeit«, wandte Kollbrand ein.

»Na, dann machen Sie halt in den nächsten beiden Wochen schon um zwei Feierabend. Mit meiner ausdrücklichen Billigung. Ich sage Herrn Hanselt Bescheid. Bei vollem Lohn, versteht sich. Fangen Sie, naja ...«, Müller blättert im Kalender, »fangen Sie gleich nach Ostern an. Vierzehn Tage später erwarten wir dann Ihren Bericht. Abgemacht?«

Müller blinzelte ihm verschwörerisch zu, und Kollbrand stand auf.

»Jawohl, Herr Müller. Ich tue mein Bestes.«

MAINUFER
LÖWENZAHN

Am Dienstag nach Ostern fuhr Kollbrand seinen Pritschenwagen kurz vor zwei Uhr auf den Wirtschaftshof, schloss die Fahrertür ab und ging grußlos von dannen. Heiner, Milan und Arif, die in der Remise mit Reparaturarbeiten beschäftigt waren, blickten kaum auf, als er an ihnen vorbeikam.

»Absolute Diskretion«, hatte Müller ihm eingeschärft, und Kollbrand hielt sich daran; selbst Meier und Pasewang verriet er nichts von seiner Mission. Während der Feiertage hatte er lange überlegt, wie er Abdul, Yusuf und Camillo auf die Schliche kommen könnte.. Alice war ihm zu harmlos. Die dumme Pute tanzte doch sowieso nur nach der Pfeife der anderen. Ihr hinterher zu spionieren hatte keinen Sinn. Camillo hielt er für den Drahtzieher, aber vor ihm hatte er Angst.

Wenn Camillo, ein Mann wie ein Riese, Wind davon bekäme, dass er bespitzelt wurde, würde er nicht zögern, von seinen Fäusten Gebrauch zu machen. Nach Ober-Mörlen zu fahren, war also viel zu riskant. Wenn Kollbrand sich auch nur in der Nähe der Eisdiele blicken ließe, würde das sofort auffallen.

Yusuf aber hatte viel zu viele Freunde und Verwandte; wenn auch nur einer von ihnen ahnte, dass Kollbrand sich an Yusufs Fersen heftete, wäre er seines Lebens nicht mehr sicher.

Blieb nur Abdul. Der war klein und friedfertig und hatte keine Hintermänner. Und wenn Kollbrand konsequent Abduls Spuren folgte, würde es ihm vielleicht gelingen, Beweise für den Verdacht zu erbringen, dass die ehemaligen Kollegen dunklen Geschäften nachgingen. Er musste nur raffiniert genug vorgehen.

Wenn alles gut ging, würde Kollbrand als der Mann dastehen, der schweren Schaden vom Friedhofsamt abgewendet hatte. Es galt zu verhindern, dass alles bis jetzt Erreichte – die spektakulären Entlassungen, die Zeitungskampagne und die Ermittlungen – im Sande verlief und man sich womöglich über alle ihre Anstrengungen, die unliebsamen Vier loszuwerden, lustig machte. Nicht auszudenken, was passieren würde, wenn Yusuf und Camillo, Abdul und Alice tatsächlich zurückkämen!

Es war kurz nach drei, und er musste allmählich anfangen. Schade, dass er den Parkplatz in der Heidestraße, den er mit Mühe und Not gefunden hatte, aufgeben musste, und es blieb ihm nichts anderes übrig, als eine Weile durch Bornheim zu kurven, um schließlich eine möglichst unauffällige Stelle in der Florstädter Straße zu finden, von der aus er das Haus im Blick hatte, in dem Abdul wohnte.

Drei Tage lang geschah nichts Interessantes. Jeden Nachmittag saß Kollbrand in einer Seitenstraße der Florstädter Straße am Steuer seines Wagens, den Zündschlüssel im Schloss und blätterte in Prospekten oder las Zeitungen, die sich im Wust von alten Klamotten auf dem Rücksitz fanden. Ab und zu blickte er verstohlen auf die Eingangstür des Hauses.

Jeden Abend gegen sechs Uhr das Gleiche: Mit einer Tüte voller Lebensmittel kam Abdul heim, klein und gebückt, neben seinem großen, schlanken Sohn, der ein Brot unter dem Arm trug. Kollbrand beugte sich tief unter das Steuer seines Wagens, nestelte an seinen Schnürsenkeln und ging so lange in Deckung, bis die beiden im Haus verschwunden waren. Bis es dunkel wurde, blieb er in seinem Wagen sitzen und wartete darauf, ob sie das Haus wieder verließen. Er musterte jeden Vorübergehenden und natürlich jeden, der das Haus betrat. Aber alle hatten einen Schlüssel, niemand klingelte, und weder Yusuf noch Camillo erschienen.

Also musste Kollbrand sich doch an Yusufs Fersen heften. Der lebte seit Jahren mit Frau und Kindern in der Nordweststadt. Die Adresse hatte der bullige Müller ihm zukommen lassen, und so lenkte er ein paar Tage später seinen VW in Richtung Ben-Gurion-Ring. Die Bernadottestraße, in der Familie Özoğlu wohnte, fand er auf Anhieb. Er hatte auch keine Schwierigkeiten, einen Parkplatz in Sichtweite des Sechziger-Jahre-Baus zu finden, und stellte sich auf eine lange Wartezeit ein. Eintönig war die Gegend. Spärliches Gras wuchs vor den gleichförmigen grauen Kästen, die eine gewisse Ähnlichkeit mit den Plattenbauten im östlichen Teil der Bundesrepublik nicht verleugnen konnten. Halbwüchsige kurvten auf ihren Rädern umher, hier und da standen junge Mädchen in kleinen Gruppen beisammen, manche von ihnen mit abenteuerlich gefärbten Haaren und grell geschminkt.

Als es dämmerte, saß Kollbrand immer noch in seinem Wagen und hielt Ausschau nach Yusuf. Auch am zweiten Tag erreichte er nichts. Erst am dritten Tag sah er Yusuf kurz nach Einbruch der Dunkelheit nach Hause kommen. Bei der Gelegenheit notierte er die Autonummer von Yusufs Pick-up. Und einige Tage später triumphierte er: Tatsächlich kletterten Arif und Heiner mit Yusuf aus dem Kastenwagen und gingen einträchtig auf das graue Haus zu. Kollbrand lachte sich ins Fäustchen.

Am letzten Sonntag im April fuhr Yusuf mit seiner Frau nach Ober-Mörlen, um in Ruhe mit Camillo die Lage zu besprechen.

»Da seid ihr ja endlich«, mit ausgebreiteten Armen empfing Camillo seinen Freund, freute sich über den Besuch, überließ die Bedienung der Gäste seiner Tochter und setzte sich zu ihnen.

»Die ganze Geschichte ist wirklich nicht harmlos, jedenfalls nicht, was die Konsequenzen für uns angeht. Und was die Zeitungen letztes Jahr geschrieben haben, ist schlicht Verleumdung.« Er lachte bitter.

»Man hat ein Komplott geschmiedet, um uns loszuwerden, und wir müssen sehen, dass wir uns nicht unterkriegen lassen«, meinte Camillo.

»Aber vieles hat sich doch als total unsinnig herausgestellt«, erwiderte Yusuf. »Denk bloß mal an das blödsinnige Argument mit dem Drogenhandel. Alles, was Müller und die anderen ins Feld führen wollten, ist absoluter Quatsch.«

»Du hast ja völlig Recht, Yusuf«, sagte Camillo, »aber die haben nun mal diesen ganzen Behördenapparat gegen uns in Bewegung gesetzt, die Journalisten mit ihren Informationen gefüttert, und nun müssen unsere Anwälte sehen, wie sie uns da rauspauken. Weißt du ...«, er beugte sich vor, »weißt du, manchmal habe ich es so satt, dass ich mich überhaupt noch damit beschäftigen muss. Du siehst ja«, er wies auf die vollbesetzten Tische, »mein Laden floriert. Wir haben uns hier was aufgebaut. Mein Bruder ist wieder in Syrakus und hat mir das Lokal überlassen – glaubst du etwa, ich will wieder auf den Friedhof?«

»Wer will das schon«, antwortete Yusuf, »aber mir geht's um die Ehre. Jahrelang haben wir geschuftet – das wäre schließlich eine Anerkennung wert! Wenigstens eine Abfindung müsste rausspringen. Ich habe doch nicht umsonst auf dem Friedhof geschwitzt.«

Nach einer längeren Pause fragte Camillo: »Wie sieht's denn jetzt in der Louisa aus? Kommst du ohne mich zurecht?«

»Na ja«, sagte Yusuf, »was bleibt mir anderes übrig? Ich sehe ja, dass du hier unabkömmlich bist. Abdul macht mit, und Mustafa, und ich will doch noch mal versuchen, ob ich Alice nicht dazukriegen kann. Du weißt ja, sie ist wirklich eine große Hilfe.«

»Tja«, meinte Camillo, »Alice. Um sie tut's mir ehrlich leid. Ich vermute mal, sie will wieder als Managerin arbeiten. Aber sie macht sich doch Illusionen, wenn sie meint, sie könnte wieder in ihren alten Beruf einsteigen. Mensch, die merkt ja gar nicht, wie verbraucht sie ist. Mit Künstlern arbeiten – ich traue ihr ja viel zu, ich glaube ihr auch, dass sie früher mal so was gemacht hat, aber da kann man doch nach so langer Zeit nicht so wieder einsteigen. Der Zug ist abgefahren.«

»Sag mal«, fragte Yusuf dann, »weißt du überhaupt, wo sie ist?«

»Keine Ahnung«, entgegnete Camillo, »aber du hast Recht, wir sollten uns um sie kümmern. Mein Advokat meinte neulich, er hätte kurz mit Alices Anwalt geredet. Im Moment bleibt uns nichts anderes übrig, als zu warten und mit diesem verdammten Verfahren zurechtzukommen.«

»Aber warum meldet Alice sich nicht?«, fragte Yusuf. »Sie könnte doch mal anrufen. Schließlich weiß sie, wo wir zu finden sind. Mensch, da haben wir alle drei was Neues für uns gefunden, und Alice kapselt sich immer noch ab. Sollen wir nicht noch mal versuchen, sie zu erreichen?«

»Lieber nicht«, antwortete Camillo, »lass ihr Zeit. Warten wir ab, ob sie von sich aus kommt.«

»Und wie wäre es«, fragte Hatice, Yusufs Frau, »wenn ich mal einen Versuch unternähme?«

Seit Monaten gab Alice nun Schlomichels Enkel Daniel und seinem Freund Nachhilfeunterricht, und da Rahel Lichtenfels ihr einen Vorschuss für die Gartengestaltung gezahlt hatte, kam sie über die Runden.

Durch den regelmäßigen Unterricht für die beiden Schüler und gelegentliche Arbeiten für Schlomichels – das Ehepaar vertraute ihr so, dass sie gebeten wurde, ihnen beim Aufsetzen von Briefen in Mietangelegenheiten zu helfen, und sie wurde dafür großzügig entlohnt – war ihr Auskommen gesichert. Das Honorar für Dr. Behaghel hatte ihre Ersparnisse zwar angegriffen, aber nicht ganz aufgezehrt.

Eines Tages rief ihr Anwalt an und erwähnte, dass sie – seinem Erkenntnisstand nach – nicht mehr von der Kriminalpolizei beobachtet werde, sie könne sich also wieder frei bewegen und müsse ein Treffen mit ihren ehemaligen Kollegen nicht mehr scheuen. Worauf seine Erkenntnis beruhte, verschwieg er. Alice dachte lange darüber nach, wo man sie seit dem letzten Herbst beobachtet haben könnte. Sollte ihr etwa jemand hinterhergeradelt sein, als sie zum Goetheturm fuhr?

Als sie an einem verregneten Apriltag am frühen Abend nach Hause kam, war Nebahat dabei, die Treppe zu wischen, die vom zweiten zum dritten Stock führte. Alice beneidete sie insgeheim um ihre Jugend, ihre Geschmeidigkeit und die innere Ruhe, mit der sie ihre Arbeit verrichtete. Angesichts von so viel Sauberkeit kam sie sich wie ein alterndes Schmuddelkind vor. Dr. Meir, der Bankdirektor, zahlte gewiss gut. Wenn Nebahat mehrere solcher Jobs hatte, dürfte sie problemlos über die Runden kommen. Alice grüßte und meinte im Höhersteigen mit einem Lächeln, sie werde nun schweben, um Nebahats Arbeit nicht zunichte zu machen. Die junge Putzfrau hörte mit dem Wischen auf, richtete sich auf und rief Alice, die schon den nächsten Treppenabsatz erreicht hatte, nach: »Haben Sie einen Moment Zeit?«

So übergangslos, als sei es selbstverständlich und als führten die beiden häufig Gespräche, meinte Nebahat: »Yusuf wartet auf Sie!«

»Wie bitte?«, Alice stutzte und blieb stehen.

Sie sei seit langem mit Hatice, Yusufs Frau, befreundet, erläuterte Nebahat kurz, und neulich hätten sie wieder einmal darüber gesprochen, wie dringend Yusuf Unterstützung brauchte. Dann folgte ein Redeschwall, in dem Nebahat bedauerte, wie übel man Alice und ihren Kollegen auf dem Hauptfriedhof mitgespielt habe. Alice nickte bitter, zögerte aber keinen Moment lang und rief Nebahat zu:

»Sagen Sie Yusuf bitte, ich würde mich freuen, wenn er mich morgen früh um acht abholt.«

L âle – Garten- und Landschaftsbau – Yusuf Özoğlu stand in großen, mehrfarbigen Lettern auf dem hellgrünen Kastenwagen,
mit dem Yusuf Alice am nächsten Tag abholte. Verziert war der
Wagen mit stilisierten Rosen, Tulpen und Hyazinthen.

Yusuf begrüßte sie herzlich.

»Mensch«, rief Alice, als sie auf den Beifahrersitz kletterte, »da
hast du aber tief in die Tasche gegriffen. Wirft dein Geschäft denn
schon soviel ab?«

Yusuf fuhr gemächlich durch das Labyrinth von Einbahnstraßen des Westends auf den Reuterweg und antwortete:

»Alice, so ist es nun mal. Man muss investieren. Außerdem ist
der Pick-up geleast.«

»Geleast? Mit Firmennamen und allem Drum und Dran?«

»Nein, die Lackierarbeiten hat ein Freund in seiner Werkstatt
gemacht. Der Entwurf stammt übrigens von Hatice. Gefällt's dir?«

»Ja, sehr«, antwortete Alice.

Yusuf fing lange vor der Rushhour mit der Arbeit an, daher kamen sie ohne Stau bis zur Friedensbrücke. Schon von Weitem sahen sie Abdul am Theodor-Stern-Kai stehen. Yusuf hielt an, Alice öffnete die Tür, und Abdul stieg ein.

»Guten Morgen«, begrüßte er sie, »schön, Alice, dass du wieder dabei bist.« Und zu Yusuf gewandt, meinte er: «Mustafa kommt heute Mittag, gleich nach dem Deutschkurs.»

«Muss er denn überhaupt noch in den Kurs?›, fragte Yusuf, »dein Sohn spricht ja jetzt schon besser als wir.«

Abdul schmunzelte. »Ende August ist die Prüfung. Dann entscheidet sich, ob er im Oktober an der Uni anfangen kann.«

»Wie ich mich für dich freue, Abdul«, meinte Yusuf, »du meine Güte, was wir nicht geschafft haben – unsere Kinder packen das.«

»Hoffen wir's«, murmelte Abdul.

Von nun an stieg Alice jeden Morgen am Theodor-Stern-Kai zu Yusuf in den Wagen und staunte immer wieder aufs Neue, was für ein anderes Arbeiten das war. Zum ersten Mal arbeitete sie in den Gärten der Lebenden, und sie hatte einen Spielraum an Gestaltungsmöglichkeiten, von denen sie auf dem Friedhof nicht hätte träumen können. Wie Abdul vereinbarte sie mit Yusuf, auf Provisionsbasis zu arbeiten. Sie war sicher, dass Yusuf sie nicht übervorteilen würde; schließlich kannte sie ihn lange genug.

Überall blühten Flieder und Jasmin, und ihr Duft durchzog das ganze Viertel. Da Yusuf mittlerweile über zwanzig Gärten zu betreuen hatte, war Hatice das Risiko eingegangen, ihre Halbtagsstelle als Verkäuferin in einem Kaufhaus auf der Zeil aufzugeben; stattdessen kümmerte sie sich um die Organisation seines Unternehmens. Yusuf sprach sogar von Organigramm, wenn er Hatices Schnellhefter morgens aus dem Handschuhfach nahm und nachschaute, was seine Frau ausgetüftelt hatte. Dann setzte er Abdul und Alice vor den Villen am Lerchesberg. Inzwischen hatte er außer Mustafa noch ein paar Gelegenheitsarbeiter angeworben, auf die er sich verlassen konnte. Camillo war mit seinem Café vollauf beschäftigt.

Alice säuberte Kieswege und beschnitt Buchsbaumhecken, mähte sorgfältig abgezirkelte Rasenstücke und kümmerte sich um Rosen. Ihre besondere Liebe galt dem Oleander. Die meisten Häuser hatten großzügig angelegte Terrassen, mit einer Fülle von Palmen und Oleanderbüschen, die in hölzernen Kübeln vor strahlend weiß getünchten Wänden standen. Das milde Klima der Maingegend ließ es zu, dass man die Pflanzen ins Freie stellte, weil in den Nächten kaum mehr Frostgefahr bestand. Sollte trotzdem eine der Palmen Schaden nehmen, werde sie ersetzt. Das hatte ihr eine der Damen, die ihr manchmal vom Fenster ihres Arbeitszimmers aus zuwinkte, erklärt.

Angenehm war es auch, in einem japanischen Garten zu werkeln, in dem Monets *Brücke*, detailgetreu nachgebaut, über Seerosenteiche führte. Ein Paar, ein Steward und ein Balletttänzer, hatten viele Stunden darauf verwendet, dieses Kunstwerk anzulegen.

Eines Nachmittags, Ende April, goss es in Strömen, und sie suchte in einem der großen, parkähnlichen Gärten, in denen sie an manchen Tagen von morgens an zu zweit oder zu dritt zu tun hatten, mit Mustafa vor dem Regenschauer Schutz in einer Laube, die von Jelängerjelieber umrankt war.

Eine Weile schauten sie schweigend auf die Villa mit ihren Erkern.

»Weißt du Alice«, sagte Mustafa dann, »eines Tages werde ich auch so ein Haus haben.«

»Wo denn?«, fragte Alice lächelnd.

„In Südfrankreich, in der Gegend von Nizza, das wäre nicht das Schlechteste«, Mustafa ging auf ihren ironischen Tonfall ein.

»Alle Wetter«, entgegnete Alice, »dein Deutsch ist ja so gut geworden, dass du sogar das Futur der Illusionen beherrschst.«

Es war eine ganz und gar verfahrene Lage. Nach monatelangen Ermittlungen wurde den Strafverfolgungsbehörden offenbar klar, dass der Hauptvorwurf, den man den vier Friedhofsgärtnern machte, unbeweisbar war. Nach einer genauen Überprüfung aller Unterlagen, die man gefunden hatte und einer akribischen Untersuchung aller Daten über die mutmaßlichen Täter kam man zu dem Schluss, dass zwar eine Fülle kleinerer Delikte vorlag (Mitnahme von Gartengeräten für den außerdienstlichen Gebrauch, unerlaubte Nebentätigkeiten usw.) dass man aber den Hauptanklagepunkt, den Vertrieb von Haschisch, fallen lassen musste.

Es lohnte sich nicht mehr. Alles, was Sensation und Spektakel verheißen hatte, war wie eine Luftblase zerplatzt. Nun konnte man die Akten aber nicht ohne weiteres schließen, sondern musste aus den mageren Punkten, die übrig geblieben waren, doch noch eine passable Anklage zurechtzimmern, um die Blamage möglichst klein zu halten. Nach über einem halben Jahr hatte der kreißende Berg kaum mehr als eine Maus hervorgebracht; diese Maus aber sollte unbedingt in die Falle gehen, damit das Friedhofsamt nicht allzu beschämt dastünde. Und sei es nur, um ein Exempel zu statuieren und die städtischen Mitarbeiter, in diesem Fall die im Dienst verbliebenen Friedhofsgärtner, aber auch alle anderen Angestellten und Arbeiter dieses Amts an ihre Pflichten zu erinnern. In Zeiten knapper Kassen schadete es gar nichts, wenn die nachlässigen Mitarbeiter ihren Arbeitsplatz bedroht wüssten, sollten sie weiter ihrem Schlendrian nachgehen.

Im Zuge seiner Nachforschungen deckte das Friedhofsamt die jahrelange Schlamperei der Verwaltungsvorgänge auf. Man spürte dem Verlust von Schaufeln, Harken und Saatgut nach und entdeckte, was für ein Schindluder da betrieben worden war. Zum Beispiel waren verloren erklärte Geräte bedenkenlos ersetzt worden. Die Liste der ranzigen derartigen Verfehlungen war lang. Die Strafverfolgungsbehörden waren nicht weiter damit befasst.

Aber die städtischen Beamten, die sich an den Nachforschungen beteiligten, hielten es Ende April für sinnvoll, die Verwaltungsleiterin auf interne Missstände aufmerksam zu machen. Viele Abrechnungen seien so dubios, dass man sich eingehender mit Müller befassen sollte. Schockiert über diese völlig unerwartete Wendung bat die Verwaltungsleiterin Müller zu sich.

Während Kollbrand ungeduldig vor den Bürotüren auf und ab wanderte, kam Hanselt über den Flur, hob fragend die Augenbrauen und meinte, Kollbrand habe wohl nichts zu tun. Kollbrand erwiderte, er warte seit zwanzig Minuten auf Müller und könne sich nicht erklären, warum der nicht komme.

»Gehen Sie nur wieder an Ihre Arbeit«, sagte Hanselt, »Müllers Frau hat gerade angerufen. Müller hatte einen Herzinfarkt.«

Von Arif erfuhr Yusuf, dass Müller zwei Tage nach seiner Herzattacke gestorben war. Die Beerdigung fand am achten Mai statt, fünfzig Jahre nach der Befreiung, just an dem Tag, als der Oberbürgermeister der Stadt mit Honoratioren und Vertretern der Jüdischen Gemeinde sowie der Sinti und Roma gegen Mittag den Hauptfriedhof besuchen und der Gefallenen des Zweiten Weltkriegs gedenken wollte, der Ermordeten und jener, die auf den Todesmärschen umgekommen waren.

»Friede seiner Seele«, murmelte Yusuf und war erleichtert, dass er durch das Hausverbot bei der Beisetzung für Alois Müller kein Mitgefühl heucheln musste.

Nach dem Pfarrer sprach Hanselt; der Amtsleiter war unabkömmlich, da zum gleichen Zeitpunkt die Gedenkfeier zum fünfzigsten Jahrestag des Kriegsendes in der Paulskirche begann. Mit tränenerstickter Stimme hatte die Verwaltungsleiterin ihren Stellvertreter gebeten, diese traurige Pflicht zu übernehmen. Sie sei vom Verlust Müllers zu schwer betroffen, um ihren Schmerz in Worte zu fassen.

Hanselts Rede war knapp und sachlich. Er würdigte die Verdienste Müllers, seine Korrektheit und den unbestechlichen Sinn für Gerechtigkeit. Er räusperte sich und fuhr fort, dass der Hauptfriedhof dem Kollegen Müller außerordentlich viel zu verdanken habe, da er streng darauf geachtet habe, im Sinne des Amts zu wirtschaften. Mehr nicht.

Kollbrand, Meier und Pasewang erhofften sich einen Seitenhieb auf die fristlos entlassenen Kollegen, eine Andeutung, wie und wo Müller darauf geachtet habe, Unregelmäßigkeiten aufzuspüren, aber Hanselt ging mit keinem Wort darauf ein. Alle Mitarbeiter des

Friedhofsamts folgten dem Trauerzug, dessen Spitze die Witwe Müllers bildete. Ganz in Schwarz, wurde die kleine, pummlige Frau von der Verwaltungsleiterin gestützt.

Nach der Feier bewegte sich der Zug langsam von der Trauerhalle auf die Mauer zum Neuen Jüdischen Friedhof zu, kam am Wirtschaftshof vorbei und bog dann ins Gewann XXIV ein. Manche der jüngeren Mitarbeiter beschlich ein eigentümliches Gefühl. Für sie war es das erste Mal, dass einer der ihren am Arbeitsplatz, auf vertrautem Gelände, bestattet wurde.

Am Grab sprach der Pfarrer noch ein paar abschließende Worte, griff dann zur Schaufel und warf Erde auf den Sarg. Die Verwaltungsleiterin ließ die Witwe Müllers einen Augenblick lang los, nahm die Schaufel, und mit Schwung landete eine Ladung feuchter, klumpiger Erde in der Grube.

Ausführlich schilderte Arif Yusuf, Hatice und Alice an diesem Abend Müllers Beerdigung; unter den Kollegen habe eine triste und doch feierliche Stimmung geherrscht, und es wurde gemunkelt, dass sein Herzinfarkt etwas mit den Ermittlungen zu tun habe. Arif spekulierte, sie könnten im Sande verlaufen sein, und die Blamage habe Müller den Todesstoß versetzt.

»Du übertreibst«, meinte Yusuf, »glaubt ihr etwa, Müller hing mit Leib und Seele am Friedhof? Denkt ihr, er würde so eine Panne nicht überleben? Aber wer übernimmt denn jetzt seinen Posten?«

»Das ist noch nicht klar«, antwortete Arif, »ich weiß nur, dass ständig hinter verschlossenen Türen verhandelt wird.«

Sie spielten verschiedene Möglichkeiten durch, überlegten, wer der Verwaltungsleiterin genehm sei und wer gut mit Hanselt stehe. Schließlich rief Alice: »Sagt mal, kann uns das nicht egal sein?«

Seit Hatice Alice mit Hilfe von Nebahat angesprochen hatte, verbrachte diese ihre Abende oft bei Yusuf und Hatice und fuhr täglich mit Yusuf in die Louisa. Er brauchte ihre Hilfe, und sie brauchte Geld. Rahel Lichtenfels hatte bislang nur einen flüchtigen Blick auf ihre Gartenskizze geworfen; das italienische Palais war noch im Umbau, verschlang Unsummen – und vor Ende Mai konnte man gar nicht daran denken, sich mit dem Garten zu befassen.

Mitten in den Spekulationen über Müllers Nachfolge stellte Yusuf den Fernsehapparat, der bisher lautlos gelaufen war, wieder auf Zimmerlautstärke, da der Bundespräsident auftrat.

»Da sind sie nun, die Gedenkfeiern, für die wir auch ein bisschen geschuftet haben«, sagte er zu Arif und Alice, während Hatice in die Küche ging, um das Abendessen vorzubereiten.

Von Befreiung war die Rede, von der Stunde Null und der Chance der Nachgeborenen. Yusuf horchte auf, als von den ausländischen *Mitbürgern* die Rede war.

»Immerhin«, meinte Arif anerkennend, »er vergisst uns nicht.«

»Aber warum dieses dämliche Getue um die Mitbürger? Sind wir vielleicht Mitesser, Schmarotzer – die stören? Es wird allmählich Zeit, dass man uns Bürger nennt.«

MAINUFER
GINKGO

Immer noch schwebte das Verfahren gegen Alice und ihre Kollegen. Die Ermittlungen galten als abgeschlossen, aber niemand wusste, welche Ergebnisse sie erbracht hatten. Das nagte an Alice, aber dadurch, dass sie wieder täglich mit Yusuf und Abdul zusammenarbeitete und mit ihnen über die vertrackte Angelegenheit reden konnte, ging es ihr besser.

Dennoch überfiel sie am vorletzten Maiwochenende die Trübsal. Draußen war es kühl und regnerisch und sie saß allein in ihrer Dachwohnung. Bald würde sie sich den Beschuldigungen stellen müssen, die die Friedhofsverwaltung gegen sie vorgebracht hatte. Dutzende von Akten lagen vor, in denen alles fein säuberlich protokolliert war; ihr Anwalt hatte Akteneinsicht, und er wollte demnächst einen neuen Termin mit ihr vereinbaren. Dann werde er mit ihr gemeinsam eine Verteidigungsstrategie ausarbeiten. Aber wann? Allmählich wurde sie ungeduldig. Und wieder wurde ihr angst und bange.

Zwar stand sie nun täglich kurz vor acht mit Abdul an der Friedensbrücke, werkelte fröhlich am Nansenring und in den Gärten der umliegenden Villen, fuhr dreimal in der Woche mit Bus und Straßenbahn so rechtzeitig nach Hause, dass sie pünktlich zum Unterricht mit Gabriel und Daniel kam – aber samstags und sonntags kam sie sich doch recht einsam vor.

Gegen die aufkommende Depression gab es nur ein Mittel. So kramte sie an diesem Samstagnachmittag wieder einmal im Bücherschrank. Shakespeare, Goethe, Heine und Erstausgaben von Strindbergs Stücken hätte sie lesen können, all diese Bände standen, einst von Lisbeth, ihrer »Lommi«, und Johanna sorgsam gehütet, hinter Glas. Der Schrank aber barg in seinen Tiefen, im verschließbaren Sockel, noch viel mehr, Dokumente und Familienpost ab 1886. Manches hatte Alice chronologisch sortiert, aber längst noch nicht alles gelesen. Was fand sie da alles, von Gustav, dem Seefahrer, der nie sein Seemannsgarn spann, sondern immer kühl, überlegt und rational handelte. Briefe, die er an Lisbeth schrieb, als sie noch die Frau seines Bruders war. Einen Brief aus Shanghai zum Beispiel, vom Januar 1914, an Bord der Mei-Lee. In gestochen scharfer Schrift mit leichtem Rechtsdrall schilderte er auf Luftpostpapier des Norddeutschen Lloyd seinen Zusammenstoß mit einer Dschunke, der ihn das Offizierspatent kosten könnte, sollte er an diesem Vorfall die Schuld bekommen. Und dann sein Malta-Tagebuch, eine Kladde im Miniaturformat, in der er notiert hatte:

»1914. Am 12. November um 3 Uhr verließen wir mit großer Hoffnung Massaua ... am Horn von Afrika.« Dreieinhalb Monate nach Kriegsbeginn wurde Gustavs Schiff von den Briten aufgebracht, Gustav, zu diesem Zeitpunkt knapp dreißig Jahre alt, wurde mit seinen Kameraden gefangen genommen, war eine Weile in einer Kaserne in Alexandria interniert – und dann bis 1919 auf Malta. Fotos lagerten in Lisbeths Bücherschrank, auf denen die Zelte im maltesischen Lager zu sehen waren, und Männer davor, Scharen von deutschen und türkischen Offizieren. Auf Malta hatte Gustav sehnsüchtig auf Post gewartet, Schach gespielt, Italienisch gelernt und sein Englisch verbessert – und vor allem: Er hatte den Krieg überlebt. Als er 1919 heimkehrte, warb er um Lisbeth, die seit drei Jahren Witwe war, denn Gustavs großer Bruder hatte sich im September 1916 in der Schlacht an der Somme bei Vermondovillers zwar in eine Scheune geflüchtet, als ein Bombenhagel nahte, war aber trotzdem umgekommen. Er hinterließ einen kleinen Sohn und dessen Schwester, Johanna, Alice' Mutter.

Johannas Bruder starb im Zweiten Weltkrieg als Soldat an einer Lungenentzündung bei Roslawl in der Sowjetunion, Gustav aber war in Narvik stationiert und kehrte im September 1945 in die Theaterstadt Meiningen zu Lisbeth und Johanna zurück. Was für Legenden spannen sich in Alices Erinnerung um diese Rückkehr!

»Also, ehrlich, Hatice«, sagte Yusuf, als er am Montagmorgen in der Tür stand. Er drückte ihr einen Kuss auf die Stirn und meinte anerkennend: »Ohne dich wäre ich aufgeschmissen. Deine Organisation ist einfach fabelhaft. Gerade diese Woche haben wir so viel zu tun.«

Kurz nachdem Yusuf fort war, ging Kadir zur Schule, brummig und muffelig, wie jeden Morgen. Leyla, die erwachsene Tochter, schlief noch. Ihr Seminar begann erst später. Hatice hatte sich eine Hälfte des Wohnzimmers als Büro eingerichtet, mit PC, Telefon und Faxgerät. Auch heute ging ein Fax nach dem anderen ein, und das Telefon stand kaum still.

Gegen elf Uhr stockte Hatice der Atem, als sie »Friedhofsamt« am anderen Ende der Leitung hörte.

Um Gottes willen – war ihr erster Gedanke – was für Gemeinheiten hat man dort wieder gegen uns ausgeheckt.

Sie traute ihren Ohren kaum, als ein junger Mann, der sich Brühl nannte – ein Name, den Yusuf nie erwähnt hatte – wissen wollte, ob er mit *Lâle – Gartenbau und Landschaftsgestaltung* verbunden sei, und fragte, ob ihr Unternehmen Kapazitäten frei habe. Er sei beauftragt, Angebote von verschiedenen Firmen einzuholen, da die Neugestaltung einiger Gewanne nicht mehr allein mit städtischen Kräften zu bewältigen sei.

Ohne sich ihre Überraschung anmerken zu lassen, fragte Hatice nach dem Umfang des Projekts, bat um schriftliche Unterlagen und sagte einen Kostenvoranschlag zu.

Als sie auflegte, merkte sie, dass sie zitterte. War das eine Falle? Man hatte Yusuf fristlos gekündigt. Nach anfänglichem Zögern hatte er mit einer Klage beim Arbeitsgericht gekontert. Er machte keinen Hehl daraus, dass es ihm nicht nur um Rehabilitation, sondern vor allem auch darum ging, wieder eingestellt zu werden. Gleichzeitig aber hatte er sich sein eigenes Unternehmen aufgebaut. Beim Gewerbeamt war die Firma auf ihren Namen eingetragen. Könnte man ihm daraus einen Strick drehen? Suchte man Beweise dafür, dass er längst Inhaber einer eigenen Firma war, sich also einen Gewerbeschein erschlichen hatte?

Hatice kannte sich in juristischen Fragen nicht aus. Gemeinsam mit Yusuf hatte sie zwar alle Höhen und Tiefen seit dem Skandal im letzten Herbst durchlitten und ihn unterstützt, wo sie nur konnte, aber manches Mal hatte sie das Gefühl, als Nichtschwimmer in hilflos unbekannten Gewässern ausgesetzt zu sein. Von Anfang an hatte ihr Yusuf haarklein erzählt, was passiert war, und sie war davon überzeugt, dass er im Recht war; dennoch hatte sie den Eindruck, dass sie sich hier auf unsicherem Terrain befand.

Als Mustafa nach Frankfurt gekommen war, hatte er nicht gewusst, in welchen Verhältnissen der Vater hier lebte; Abdul hatte nie viel erzählt, wenn er zu Hause in Nador war.

Alles war so trist in Deutschland und Abduls Leben auf das Nötigste reduziert. Mustafa sprach nie mit dem Vater darüber, aber sein Schreck verwandelte sich nach und nach in Mitleid. Er redete auch nicht mit den Leuten darüber, die er in der Kaffeestube in der Berger Straße kennen gelernt hatte. Als Mustafa dann durch Zufall entdeckte, dass der Vater auch noch seine gut bezahlte Stelle verloren hatte, änderte sich ihre Beziehung; Abdul wurde offener und versuchte ihm zu erklären, was passiert war. Und Mustafa tat, was er konnte, um den Vater zu unterstützen. Er ging morgens in den Deutschkurs und nahm am frühen Mittag die Straßenbahn in die Louisa, um in den Gärten mit Hand anzulegen.

Da er keine Stunde seines Deutschkurses ausließ und in jeder freien Minute weiter lernte, alles las, was es auf den Straßen, in der U-Bahn, auf Reklametafeln zu lesen gab, und genau zuhörte, wenn er die seltene Gelegenheit hatte, mit Deutschen zu sprechen, verstand er bald genug, um die ihm ungewohnten Verhaltensweisen in diesem Land zu begreifen.

Im Frühjahr hatte er eine schwere Krise; das Heimweh überwältigte ihn. Am liebsten wäre er auf der Stelle nach Hause geflogen. Aber das konnte er dem Vater nicht antun. Abdul setzte große Hoffnungen auf ihn. Als erster in der Familie sollte er studieren, der Vater hatte sich wortwörtlich die Bissen vom Munde abgespart, um seinem Sohn eine bessere Zukunft zu bieten. Mustafa durfte ihn nicht enttäuschen. Außerdem hatte er einen unbändigen Ehrgeiz.

Die sprachliche Hürde war höher, als er gedacht hatte, aber er übte oft Vokabeln und grammatische Formen vor dem Einschlafen und lernte rascher als manche seiner Freunde im Intensivkurs an der Volkshochschule. Denn Freunde waren sie geworden, die angehenden Studenten und Studentinnen, die Au-pairs beiderlei Geschlechts und die Kinder von Arbeitern und Flüchtlingen aus aller Welt, mit denen er gemeinsam lernte. Offensichtlich überflügelte er manche von ihnen, denn seine Lehrerin hatte ihm vorgeschlagen, eine Stufe zu überspringen. Das aber lehnte er ab, weil er fürchtete, das Fundament seiner Grammatikkenntnisse könnte nicht stabil genug sein. Ihm kam es auf Präzision an; daher war es ihm ganz lieb, wenn er ab und zu auf der Stelle trat.

Auf der Leinwand verschwammen Farben und Formen, und während Alice mit ihrer Skizze in der Hand in der Galerie saß und auf Rahel wartete, versuchte sie, zwischen den Zickzacklinien des halbfertigen Bildes auf der Staffelei Vertrautes zu erkennen. Im Raum lagen Rohre aus Kupfer und Aluminium auf dem Boden verstreut, dazwischen Lötwerkzeug, und auf einem hölzernen Gestell war eine Panflöte befestigt. Als Alice genauer hinschaute, entdeckte sie mehrere dieser Flöten, in einer Ecke des Raums stand eine Trommel mit schütterem Fell; zwei Schlegel lagen darauf, über Kreuz. Als sie überlegte, ob Rahel auch musizierte, trat diese wieder ein.

»Pardon«, entschuldigte sie sich »aber die beiden Herren haben Interesse an meinen Objekten. Das Gespräch dauerte länger, als ich dachte. Verzeih, Alice«, wiederholte sie, »dass ich dich warten ließ, aber Geschäft ist nun mal Geschäft.« Sie lachte kurz auf und fuhr fort: »Die beiden wollen es sich noch mal überlegen. Ich hoffe, sie kommen wieder.«

Als sie Alices Verblüffung angesichts der Instrumente bemerkte, lachte sie schallend. »Nein, nein, das ist kein Objekt. Morgen

Abend ist doch wieder eine Vernissage – und die Musiker spielen
Oriental Jazz.«

»Was nimmst du eigentlich für ein Bild?«, fragte Alice.

»Für ein Bild?«, fragte Rahel und schaute sich verschmitzt um.
»Ach so, ja, Bilder male ich auch. Aber die Herren wollten eine
Installation, für den Konferenzraum ihrer Bank. Zehntausend.«

»Wie bitte?«, Alice glaubte, sie habe sich verhört.

»Zehntausend, naja, das ist Verhandlungsbasis«, schmunzelte
Rahel, »eventuell gehe ich auf neuneins runter.« Sie zuckte die
Achseln und meinte: »Es dauert eine Weile, bis man das Verhan-
deln gelernt hat. Aber eines Tages ist man dann seinen Preis wert.«

Als Alice schwieg, fuhr sie fort: »Willst du einen Tee?«

Mit einem Blick auf Alice' Skizze fügte sie hinzu: »Wir werden
Zeit brauchen, um uns deine Arbeit genau anzusehen.«

Dann räumte Rahel einen der Tische frei, schenkte Tee ein, und
Alice breitete ihren Entwurf aus.

»Unsere Gärtnerin hat Talent«, meinte Rahel und beugte sich
über die Zeichnung, »das Ensemble gefällt mir. Ja, ein Rosenbeet
gleich links neben der Tür, dann der Kiesweg, mit einem Knick, ja,
das ist okay, der führt dann zum Teich – Lilien, Schilf, damit bin
ich einverstanden. Nur, der Efeu – der sollte weg.«

Alice sagte bedächtig: »Ich war der Meinung, wir sollten soviel
wie möglich von dem einbeziehen, was bereits vorhanden ist.«

»So? Naja, das mag der Überlegung wert sein. Doch, doch, das
leuchtet mir ein. Aber bitte, Alice, versteh, Efeu ist mir aus tiefster
Seele zuwider. Ich lebe doch nicht in einer Gruft! Guck mal«, Rahel
deutete auf den Entwurf, »hier, der Bambus, der da so bescheiden
an der linken Mauer eingezeichnet ist, den solltest du auf alle drei
Mauern ausdehnen. Das ist eine hervorragende Idee! Auch die
Ginkgo-Pflanzen sind okay.«

»Und die Kosten?«, wandte Alice ein.

»Kosten?«, fragte Rahel. »Sprichst du etwa von Geld? Weißt du, was ein Garten ist? *Eine grüne Menschenfreude*, um Brecht zu zitieren. Ach nein ...«, sie schlug sich vor die Stirn, »das bezieht sich auf den Wald, naja, macht nichts. Wenn ich mir hier eine Oase einrichte, in der ich einst meine alten Tage verbringen will«, sie fuhr sich durch ihr langes kastanienbraunes Haar, »frage ich doch nicht nach den Kosten. Bambus rundum, bitte. Und wir machen einen Pauschalpreis.«

»Geht in Ordnung«, antwortete Alice.

»Ach übrigens«, Rahel deutete auf die Fensterwand, »sind dir die Setzlinge da drüben aufgefallen?«

Erst jetzt warf Alice einen Blick darauf und erkannte sofort, dass sich dort in fünf Kästen Cannabisstauden dem Licht entgegenreckten.

»Die habe ich aus Paris mitgebracht, ein guter Freund hat sie mir anvertraut. Wenn du die bitte hier ...«, Rahel deutete auf die linke Mauerecke, »hier, ein bisschen versteckt hinter dem Bambus, einsetzen würdest.«

Alice widersprach nicht. Auftrag war Auftrag.

Ende Mai erhielt Alice ein Einschreiben der Staatsanwaltschaft und erfuhr, dass die Ermittlungen gegen sie eingestellt worden waren. In den Frankfurter Zeitungen aber war zu lesen, die Staatsanwaltschaft habe durchblicken lassen, dass die Hauptverwaltung des Friedhofsamts ihr wichtige Informationen vorenthalten habe.

BIOGRAPHISCHES

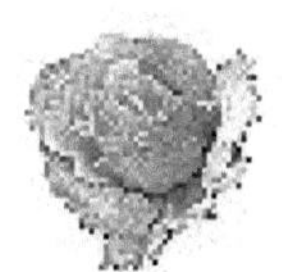

MONIKA CARBE

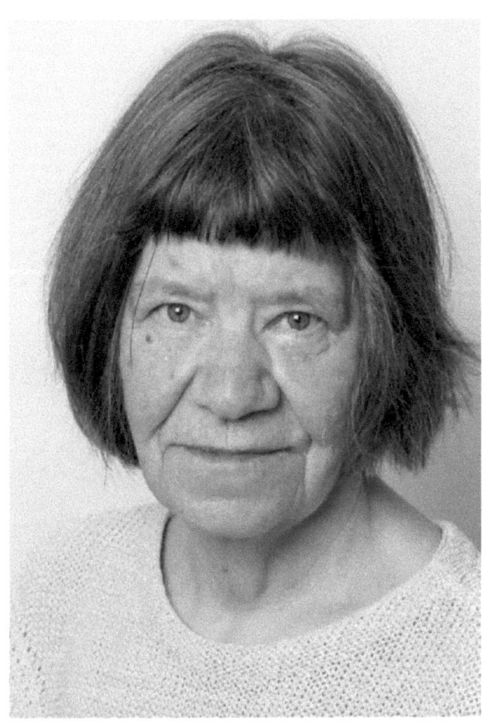

Monika Carbe
1945 in der Theaterstadt Meiningen in Thüringen geboren,
wuchs ab 1952 in Herford in Westfalen und Umgebung, zeitweise
auch in Kopenhagen auf. Sie studierte Germanistik, Indologie
und Philosophie in Marburg an der Lahn und schloss ihr Studium 1971 mit einer Promotion über Thomas Mann ab. Nach zwei
Jahrzehnten hauptberuflicher pädagogischer Tätigkeit in der
Erwachsenbildung entschloss sie sich ab den 1990er Jahren, frei-
beruflich als Autorin und literarische Übersetzerin zu arbeiten.
Sie schrieb Lyrik, Prosa und Essays, Rezensionen und Kunstkri-
tiken für Zeitungen und Zeitschriften und hat viele Werke aus
dem Türkischen und Englischen übersetzt. Monika Carbe lebte
in Frankfurt am Main.

Eine Auswahl ihrer Veröffentlichungen:
›Eastwyn‹ Lyrisches Epos, William Barrie Fraser-Print,
Frankfurt.M/1981
›Die Daten schreiben die Zeit in den Schornstein‹
Erzählungen, Neuer Rheinischer Vlg. Frankfurt.M/1982
›Das Testament des Staatsanwalts‹ Roman, Dipa Vlg.
Frankfurt.M/1999
›Was war los in Frankfurt 1950 - 2000‹ Chronik,
Sutton Vlg. Erfurt/2000
›Schiller. Vom Wandel eines Dichterbildes‹
Wissenschaftliche Buchgesellschaft Darmstadt/2005
›Im Zauberland Almanya – Wie Integration gelingen kann‹
Biografische Erzählung über Hidir Karademir
Vlg. Größenwahn, Frankfurt.M/2012

Eine Auswahl ihrer Übersetzungen:
Sait Faik ›Ein Lastkahn namens Leben‹ Roman,
aus dem Türkischen, Monika Carbe / Enis Gülegen,
Dipa Vlg. Frankfurt.M/1991, TB: Unions Vlg. Zürich/1996
Nedim Gürsel ›Turbane in Venedig‹ Roman aus dem Türkischen,
Ammann Vlg. Zürich/2002.